印尼人
學華文不求人

陳美萍 著
Derni Tantela

Praktis
Berbicara
Bahasa
Mandarin

Dari Penulis 作者序

Seiring dengan jumlah TKI yang terus meningkat dan telah mencapai lebih dari 185.000 orang (statistik hingga Juli 2012) , kemahiran berbahasa Mandarin menjadi kebutuhan yang semakin meningkat dari waktu ke waktu. Penulis terdorong untuk menyusun buku belajar Mandarin dengan judul"Praktis BBM (Berbicara Bahasa Mandarin)" yang kiranya cocok digunakan sebagai pedoman berbahasa Mandarin khususnya bagi para TKI yang bekerja di sektor informal. Buku ini akan menjadi panduan yang sangat mudah dipakai baik dalam mengenal lingkungan kerja para TKI, dalam berkomunikasi dengan majikan dan anggota keluarganya serta memberikan gambaran mengenai kehidupan sehari-hari di Taiwan yang semuanya bertujuan agar pembaca dapat menyesuaikan diri dengan cepat di lingkungan kerja baru tanpa hambatan dan keterbatasan bahasa dan budaya.

Karena beberapa tujuan diatas, konteks buku lebih diarahkan pada tema kehidupan dan pekerjaan sehari-hari. Untuk memudahkan pemahaman dalam buku ini akan ditambahkan gambar dan animasi menarik, juga dalam setiap bab pembahasan, rumusan dan tata bahasa dalam membuat kalimat dirangkai dengan kata-kata yang mudah dimengerti, juga kata-kata penting yang sering digunakan dalam kehidupan sehari-hari juga tersedia. Melalui buku ini, kami yakin teman-teman Indonesia akan makin percaya diri, makin mudah berkomunikasi dalam bahasa Mandarin dengan siapa saja.

自2012年7月止，台灣印尼外籍勞工已達18萬5千人，創下近十年新高紀錄。筆者深感欲求更佳工作表現，除自身努力更須加強語言能力。多數印尼外籍勞工到台灣工作前，僅參加短期華語課程訓練，接觸華語機會甚少，因此華語能力非常有限。此外，華語系統又與印語完全不同，往往抵達台灣後才發現溝通困難，以致無法適應台灣工作環境。

過去，筆者因工作關係有幸和印尼外籍勞工接觸，發現許多問題根源自語言溝通不良，導致勞資間發生許多不必要的誤會。這些經驗促使筆者想寫一本適合印尼外籍勞工特別是看護人員的華語工具書，希望透過此書，能更輕易地用華語溝通，也能更融入台灣風俗民情。

筆者規劃此書時，秉持「簡單」、「易懂」、「有趣」、「實用」的概念，整理歸納外籍勞工在台灣最實用的生活與職場會話，搭配有趣的主角"Wati"和"雇主一家人"，引領讀者於故事情境中快樂學習華語，並以漢語拼音輔助發音練習。盼望讀者能免背文法、直接套用句型，馬上就能現學現賣輕鬆開口說華語。最後也表心期盼每位外籍勞工朋友，能開心順利地工作。

Kata Pengantar 推薦序

Menjadi seorang pekerja migran diperlukan ketrampilan berkomunikasi yang baik sehingga penguasaan bahasa negara penempatan menjadi sebuah keharusan. Hal ini disebabkan karena kemampuan berkomunikasi sangat menentukan dalam melaksanakan tugas keseharian para pekerja migran Indonesia di luar negeri. Walaupun bahasa Mandarin telah dipersiapkan pada saat pelatihan di dalam negeri, akan tetapi penguasaan bahasa Mandarin kadang masih dirasakan kurang oleh para pekerja migran Indonesia di Taiwan.

Buku praktis BBM (Berbicara Bahasa Mandarin) ini merupakan satu buku yang dapat dipergunakan oleh pekerja migran yang ingin meningkatkan bahasa Mandarin terutama untuk meningkatkan posisi tawar dengan pengguna jasa di Taiwan.

Saya menyambut gembira dengan adanya buku ini dan mengucapkan terima kasih serta penghargaan setinggi-tingginya kepada penulis atas tenaga dan pikiran yang dicurahkan untuk membantu para pekerja migran dalam meningkatkan kemampuan berbahasa yang baik.

Harapan saya semoga buku ini dapat memberikan manfaat bagi pekerja migran Indonesia.

考慮到溝通會影響外籍勞工在國外的工作能力，因此掌握當地的語言對他們來說是很重要的。雖然他們在到台灣工作之前，已事先接受訓練，但是到台灣工作後，經常發現語言的掌握能力還是不足夠。

「印尼人學華文不求人」這本書，是一本能給外籍勞工應用並學習華語的最佳工具書。我非常高興此書的誕生，對作者為了提升外籍勞工的華語能力所做的努力和精神付出，個人給予肯定和深表感激。最後，希望這本書能發揮最大的效益。

Ade Adam Noch

Deputi Penempatan
Badan Nasional Penempatan dan Perlindungan Tenaga Kerja Indonesia
國家印尼勞工派遣暨保護局　副局長

Kata Pengantar 推薦序

Dengan susunan yang disesuaikan dengan kebutuhan komunikasi dalam bekerja dan penataan topik berdasarkan kebutuhan kerja sehari-hari, buku ini sangat mudah dipelajari dan praktis bagi para pekerja Indonesia di Taiwan yang waktu belajarnya sangat terbatas. Buku ini dapat meningkatkan kemampuan berbahasa sehingga komunikasi dapat lebih lancar dan dapat mengurangi masalah kesalahpahaman yang sering terjadi. Saya menyambut baik inisiatif penulis untuk menulis buku yang sangat bermanfaat bagi para Pekerja Indonesia khususnya di Taiwan.

本書的內容設計符合在台印尼外籍勞工工作所需的主題。在台的印尼外籍勞工學習華語非常有限，透過本書是能讓印尼人容易上手。本書可以提升外籍勞工的溝通能力，因此能減少因溝通不良導致勞資雙方不必要的誤會。我非常支持作者寫這本書的動力，也希望這本書能對在台的印尼外籍勞工有實質上的幫助。

Sri Setiawati

Kepala Bidang Tenaga Kerja, KDEI-Taipei
駐台北印尼經濟貿易代表處勞工部 主任

Kata Pengantar 推薦序

Meneruskan kuliah di universitas, bekerja mengasuh rubrik "Chinese Chat Room" di TIM Magazine, meneruskan lagi kuliah S2 jurusan bahasa Mandarin, Taiwan bagai bumi pijak tak bergeming baginya. "Buku saya rampung", begitu katanya saat menunjukkan berhelai-helai bab belajar Mandarin di suatu siang. Kata-kata itu, sebuah mimpi yang jadi nyata, telah dirangkai dari perencanaan lama dan semangat untuk mengenalkan betapa "friendly"-nya bahasa Mandarin dipelajari. Lewat gambar dan kemudahan kosa katanya, setiap bab seakan cerita bersambung yang dialami pembaca dalam menjalankan pekerjaan, dalam kegiatan sehari-hari. Pembaca disini berarti lugas teman-teman Indonesia yang baru berkenalan dengan Taiwan, yang mau tak mau harus memakai bahasa Mandarin, bahasa baru ini setidaknya selama tiga tahun berturut. Ini juga yang menjadi salah satu tujuan dan tekadnya sejak menyusun buku praktis ini. Mengapa tidak menciptakan metode belajar yang santai dan bersahabat bagai menikmati sajian cerita, mencari cara agar kata "belajar" yang konotasinya "berat" tak lagi membosankan. Akhirnya BBM pun tersusun dengan dasar pemikiran sesimpel-simpelnya. Nah, pembaca budiman, mulailah menikmati bab demi bab dengan santai, baca dan praktekkan, tak usah malu-malu, toh kalau salah paling diketawain dan itu juga lumrah karena proses belajar penuh pengalaman seru. Seperti tujuan utama penulis untuk memperkenalkan betapa mudahnya belajar bahasa, semoga BBM segera menemukan pembacanya ya. Salam...

Lily Widjaja

Head Editor Majalah TIM
TIM International雜誌 總編輯

Cara Penggunaan Buku 本書使用方法

Topik 主題介紹

Di tiap awal topik, akan ada ilustrasi menarik untuk mempermudah pembaca memiliki pengertian awal atas pembahasan setiap pelajaran.

MP3 錄音檔名

Belajar makin mantap dengan bantuan pelafalan yang baik dan benar dari MP3. Setiap topik dibagi menjadi 5 data MP3. Dengan demikian, anda dapat belajar serta mendengar dengan mudah.

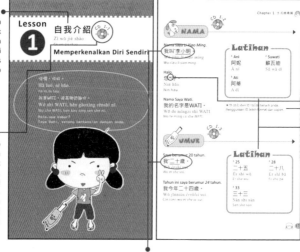

Lesson 1 自我介紹 *Zì wǒ jiè shào*
CD 1-1
Memperkenalkan Diri Sendiri

哈囉，你好。
Hā lo, nǐ hǎo.
Hā lo, ni hao.

我是WATI，很高興認識你。
Wǒ shì WATI, hěn gāo xìng rèn shì nǐ.

Halo, apa kabar?
Saya Wati, senang berkenalan dengan anda.

NAMA
CD 1-2

Nama saya Li Qua Ming.
我叫李小明
Wǒ jiào Lǐ xiǎo míng

Halo,
Nín hǎo.
Nín hǎo.

Nama Saya Wati.
我的名字是WATI。
Wǒ de míngzì shì WATI.
Wo te ming ze shr WATI.

Latihan

1 Ani	4 Suwati
阿妮	蘇瓦迪
Ā ní	Sū wǎ dí

| 3 Ati |
| 阿蒂 |
| A dí |

★ 句(1) dan (2) telah terbalik anda
Penggunaan 您 lebih formal dan sopan.

UMUR
CD 1-3

Saya berumur 20 tahun.
我 二十歲。
Wǒ èr shí suì.

Tahun ini saya berumur 24 tahun.
我今年二十四歲。
Wǒ jīnnián èrshísì suì.
Cin nien wo je she se sui.

Latihan

25	28
二十五	二十八
Èr shí wǔ	Èr shí bā

| 33 |
| 三十三 |
| Sān shí sān |

★ **補充説明**

Tanda bintang menunjukkan keterangan atau info atau tips yang ingin disampaikan penulis kepada pembaca.

Latihan 練習題

Kolom latihan ini mempermudah anda untuk mempelajari terlebih dahulu kata-kata baru yang kemudian diaplikasikan ke dalam setiap rumus kalimat utama.

Rumus Kalimat Dasar 基本句型

Setiap bab terdiri dari 2 rumus kalimat utama yang ditandai dengan (*). Pelajari terlebih dahulu, kemudian aplikasikan kata yang tersedia dalam kolom latihan untuk makin mengerti cara penggunaannya.

Tambahan 延伸句型

Kalimat pilihan yang disesuaikan dengan topik dan sering digunakan dalam kehidupan atau pekerjaan sehari-hari.

Pelafalan 兩種拼音方法

Tulisan pink : Pelafalan resmi Hanyu Pinyin. Tulisan abu-abu : Hanya ditujukan untuk memudahkan pengucapan bagi pembaca/tidak resmi.

TAMBAHAN
CD 1-4

Apa kabar?
你好嗎？
Nǐ hǎo mā? Ni hau ma?

Apa marga anda?
您貴姓？
Nín guì xìng? Nin kui xing?

Anda orang mana?
你是哪裡人？
Nǐ shì nǎlǐ rén? Ni she na li ren?

Saya orang Indonesia.
我是印尼人。
Wǒ shì yìnní rén.
wo she yin ni ren.

Darimana anda berasal?
你來自哪裡？
Nǐ láizì nǎlǐ?
Ni lai ze na li?

Saya berasal dari Pulau Jawa.
我來自爪哇島。
Wǒ láizì zhuǎwā dǎo.
Wo lai ze zua wa tau.

Mohon bimbingan dari anda.
請多指教。
Qǐng duō zhǐ jiào.
Cheng tuo ze ciau.

DIALOG

Halo, nama saya Wati.
老闆您好，我叫WATI。
Lǎo pan nín hǎo, wǒ jiào WATI.

Halo, saya Nyonya Wang.
妳好，我是王太太。
Nǐ hǎo, wǒ shì wáng tàitai.
Ni hau, wo she Wang thai thai.

Nyonya Wang, senang berkenalan dengan anda.
王太太，很高興認識您。
Wáng tàitai, hěn gāoxìng rènshì nín.
Wang thai thai, hen kau xing ren she nin.

Kamu kelihatannya sangat muda, umur kamu berapa tahun ini?
妳看起來很年輕，今年幾歲？
Nǐ kàn qǐ lái hěn niánqīng, jīnnián jǐ suì?
Ni khan chi lai hen nien ching, cin nien ci sui?

Tahun ini 24 tahun.
我今年二十四歲。
Wǒ jīnnián èrshísì suì.
Wo cin nien er she se sui.

Selamat datang bekerja di rumah kami.
歡迎妳到我們家工作。
Huānyíng nǐ dào wǒmen jiā gōngzuò.
Huan ying ni tau wo men cie kong cuo.

Dialog 會話

Segera praktekkan apa yang anda pelajari dengan situasi kehidupan sehari-hari. Isi dialog sesuai dengan interaksi sehari-hari antara majikan, Wati serta ama.

Pengenalan Tokoh Utama 人物介紹

Wati
Asal: Indonesia
Umur: 24 tahun
Sifat: rajin, periang dan penurut

本書的主角Wati，個性有點迷糊，雖然傻傻卻很努力。剛來到台灣，中文不太好，希望跟大家一起把中文學好！

Demi mencari nafkah, Wati datang bekerja di Taiwan. Karena pertama kali bekerja di Taiwan, ia kurang fasih berbahasa Mandarin. Semoga pembaca dapat belajar bersama dengan Wati lewat BBM ini.

王太太

Nyonya Wang
Asal: Taipei
Umur: Ssst..rahasia
Sifat: Ramah, toleran dan pemaaf

王太太(雇主)的媽媽行動不方便，所以雇用Wati照顧阿嬤。太太很喜歡Wati，因為Wati很聽話工作又認真。王太太人很好，Wati做錯事時，會耐心教導她。

Ibu dari Nyonya Wang sakit dan tidak bisa berjalan dengan leluasa. Karena itu, ia merekrut Wati untuk menjaganya. Nyonya Wang sangat menyukai Wati karena Wati penurut dan bekerja dengan baik. Kadang ia akan menasihati Wati jika berbuat salah.

阿嬤

Ama
Asal: Tainan
Umur: 72 tahun
Sifat: Baik dan welas asih

阿嬤是王太太的媽媽，很疼Wati，把她當做自己的家人。阿嬤希望自己能趕快好起來，所以都有按時吃藥和復健。

Beliau adalah orang tua yang dijaga Wati. Ia menganggap Wati seperti keluarga sendiri. Ama sangat baik dan berharap dapat kembali berjalan dengan leluasa. Oleh karena itu, ia rajin terapi dan minum obat secara teratur.

王先生

Tuan Wang
Asal: Taipei
Umur: 50 tahun
Sifat: Pendiam

王先生超有錢，是一間大公司的老闆，每天工作都很忙，很少在家裡。

Tuan Wang adalah pemilik salah satu perusahaan terkemuka di Taiwan. Beliau sangat sibuk dan jarang berada di rumah.

Mengenal Hanyu Pinyin 漢語拼音

Simbol pelafalan Mandarin yang digunakan dalam buku ini adalah Hanyu Pinyin. Keunggulan dari Hanyu Pinyin adalah menggunakan huruf alfabet yang telah distandardisasi untuk membaca karakter bahasa Mandarin, sehingga lebih memudahkan pemula untuk belajar bahasa Mandarin.

Pelafalan Mandarin pada umumnya memiliki 3 bagian yang harus diperhatikan yakni intonasi, awalan (huruf konsonan), dan akhiran (huruf hidup). Dalam buku ini, untuk memudahkan anda mempelajari Hanyu Pinyin, beberapa pelafalan ini akan menggunakan contoh dari Bahasa Indonesia, namun untuk belajar mengucapkan nada yang tepat, kami sarankan anda untuk mendengar CD sambil menggunakan buku ini.

1. Intonasi

Ada 4 intonasi dalam bahasa Mandarin. Nada intonasi terletak diatas huruf hidup utama. Nada intonasi yang berbeda dapat mempengaruhi arti dari kata tersebut.

Nada Pertama	一聲	Bā	(八)	Delapan
Nada Kedua	二聲	Bá	(拔)	Menarik
Nada Ketiga	三聲	Bǎ	(把)	Memegang
Nada Keempat	四聲	Bà	(爸)	Ayah

2. Awalan

Awalan dalam Hanyu Pinyin adalah huruf konsonan dan terdiri dari 21 huruf yakni:

b	爸爸 (Bàba) Ayah	Dilafal "pe" seperti dalam "pepaya"	t	他們 (Tāmen) Mereka	Dilafal "the"
p	葡萄 (Pútáo) Anggur	Dilafal "phe"	n	男生 (Nánshēng) Laki-laki	Dilafal "ne" seperti dalam "nenas"
m	媽媽 (Māma) Ibu	Dilafal "me" seperti dalam "merak"	l	離開 (Líkāi) Meninggalkan	Dilafal "le" seperti dalam "lelah"
f	飯 (Fàn) Nasi	Dilafal "fe" seperti dalam "wafel"	g	哥哥 (Gēge) Abang	Dilafal "ke" seperti dalam "kecil"
d	弟弟 (Dìdi) Adik	Dilafal "te" seperti dalam "teman"	k	可以 (Kěyǐ) Dapat	Dilafal "khe" seperti dalam "kharisma"

Mengenal Hanyu Pinyin 漢語拼音

h	喝水 (Hē shuǐ) Minum	Dilafal "he" seperti dalam "hendak"	z	自己 (Zìjǐ) Sendiri	Dilafal "ce" seperti dalam "cegah"
j	雞肉 (Jīròu) Daging ayam	Dilafal "ci" seperti dalam "cicak"	c	廁所 (Cèsuǒ) Toilet	Dilafal "che" seperti kata dalam bahasa Inggris "sandwich"
q	汽車 (Qìchē) Mobil	Dilafal "chi" seperti dalam "chiss"			
x	謝謝 (Xièxiè) Terima kasih	Dilafal "si" seperti dalam "sinar"	s	扇子 (Shànzi) Kipas	Dilafal "se" seperti dalam "seperti"

zh	豬肉 (Zhūròu) Daging babi	Dilafal "zhe" seperti dalam "jerapah" (dengan lidah dibelokkan keatas menyentuh dinding atas rahang)
ch	吃飯 (Chīfàn) Makan nasi	Dilafal "che" seperti dalam "celana" (dengan lidah dibelokkan keatas menyentuh dinding atas rahang)
sh	山上 (Shānshàng) Diatas gunung	Dilafal "she" seperti dalam "T-shirt" (dengan lidah dibelokkan keatas menyentuh dinding atas rahang)
r	熱水 (Rè shuǐ) Air panas	Dilafal "re" seperti dalam "resah" (dengan lidah dibelokkan keatas menyentuh dinding atas rahang)

3. Akhiran

Berupa huruf hidup ataupun gabungan dari dua huruf hidup dan terdiri dari 16 huruf.

a Dilafal "a" seperti dalam "apel" 阿姨 (Āyí) Bibi	**o** Dilafal "o" seperti dalam "bosan" 我們 (Wǒmen) Kita	**e** Dilafal "e" seperti dalam "besar" 鵝肉 (É ròu) Daging Angsa	**ye** Dilafal "ye" seperti dalam "yes" 爺爺 (Yéye) Kakek
ai Dilafal "ai" seperti dalam "bagai" 愛心 (Àixīn) Hati yang penuh cinta kasih	**ei** Dilafal "ei" seperti dalam "gay" 誰的 (Shuí de) Siapa	**ao** Dilafal "ao" seperti dalam "bau" 老人 (Lǎorén) Orang tua	**ou** Dilafal "ow" seperti dalam bahasa Inggris "low" 歐洲 (Ōuzhōu) Eropa
an Dilafal "an" seperti dalam "antara" 安全 (Ānquán) Aman	**en** Dilafal "en" seperti dalam "benda" 恩惠 (Ēnhuì) Karunia	**ang** Dilafal "ang" seperti dalam "abang" 陽光 (Yángguāng) Sinar Matahari	**eng** Dilafal "eng" seperti dalam "renggang" 冷氣 (Lěngqì) AC/mesin pendingin
er Dilafal "er" seperti dalam "berhasil" 兒子 (Érzi) Anak laki-laki	**i** Dilafal "i" seperti dalam "ikan" 衣服 (Yīfú) Baju	**u** Dilafal "u" seperti dalam "usia" 污染 (Wūrǎn) Polusi	**ü** Dibaca: iu, ucap kata "i" terlebih dahulu, kemudian bibir dibulatkan seperti membaca "u"). Cara lafal seperti dalam "keju" 魚肉 (Yúròu) Daging Ikan

Daftar Isi

目 錄
Mù Lù

Chapter 3
Merawat Orang Tua
照顧老人篇
Zhào gù lǎo rén piān

Chapter 4
Transportasi
交通篇
Jiāo tōng piān

Daftar Isi

目錄

Mù Lù

Chapter 5

Berbelanja
購物篇
Gòu wù piān

Chapter 6

Keadaan Darurat
緊急事故篇
Jǐn jí shì gù piān

Chapter 7 Memohon Bantuan
請求篇
Qǐng qiú piān

Fù lù
Lampiran 附錄

Kosa Kata Penting
單字索引 Dān zì suǒ yǐn

Panggilan 稱謂 **Chēng Wèi**

Xiān shēng	Tài tài	Lǎo bǎn	Lǎo bǎn niáng
先生	太太	老闆	老闆娘
Bapak	Ibu	Majikan	Istri majikan

Āgong / Yé ye	Ā ma / Nǎi nai	Wèi hūn fū	Wèi hūn qī
阿公/爺爺	阿嬤/奶奶	未婚夫	未婚妻
Kakek	Nenek	Calon suami	Calon istri

Lǎo gōng	Lǎo pó	Nán péng yǒu	Nǚ péng yǒu
老公	老婆	男朋友	女朋友
Suami	Istri	Pacar (lelaki)	Pacar (perempuan)

Shū shu	Ā yí	Sūn zi	Sūn nǚ
叔叔	阿姨	孫子	孫女
Paman	Tante	Cucu laki-laki	Cucu perempuan

Xiǎo hái	Zhǎng zǐ	Cháng nǚ	Lǎo yāo
小孩	長子	長女	老么
Anak kecil	Anak laki-laki sulung	Anak perempuan sulung	Anak bungsu

Dú shēng zǐ	Dú shēng nǚ	Gē ge	Jie jie
獨生子	獨生女	哥哥	姐姐
Anak laki-laki tunggal	Anak perempuan tunggal	Abang	Kakak perempuan

Dì dì	Mèi mei	Dà jiě	Xiǎo jiě
弟弟	妹妹	大姐	小姐
Adik laki-laki	Adik perempuan	Kakak sulung	Nona

Chapter 1
Lesson1~10

生活適應篇
Komunikasi & Adaptasi

Lesson

自我介紹

Zì wǒ jiè shào

Ce wo cie shao

Memperkenalkan Diri Sendiri

哈囉，你好。

Hā luō, nǐ hǎo.

Ha lo, ni hau.

我是WATI，很高興認識你。

Wǒ shì WATI, hěn gāo xìng rèn shi nǐ.

Wo she WATI, hen kau sing ren she ni.

Halo, apa kabar?

Saya Wati, senang berkenalan dengan anda.

CD 1-2

Nama saya *Li Xiao Ming*.

我叫*<u>李小明</u>。

Wǒ jiào *lǐ xiǎo míng*.

Wo ciau *li siao ming*.

Halo.

您*好。

Nín hǎo.

Nin hau.

Nama Saya Wati.

我的名字是WATI。

Wǒ de míng zi shì WATI.

Wo te ming ce she WATI.

Latihan

1. Ani

阿妮

Ā ní

2. Suwati

蘇瓦迪

Sū wǎ dí

3. Ati

阿蒂

A dì

★ 你 (nǐ) dan 您 (nín) berarti anda. Penggunaan 您 lebih formal dan sopan.

CD 1-3

Saya berumur 20 tahun.

我*<u>二十</u>歲。

Wǒ *èr shí* suì.

Wo *er she* sui.

Tahun ini saya berumur *24* tahun.

我今年二十四歲。

Wǒ jīn nián èr shí sì suì.

wo cin nien er she se sui.

Latihan

1. 25

二十五

Èr shí wǔ

Er she wu

2. 28

二十八

Èr shí bā

Er she pa

3. 33

三十三

Sān shí sān

San she san

CD 1-4

Apa kabar?

你好嗎？

Nǐ hǎo mā?

Ni hau ma?

Apa marga anda?

您貴姓？

Nín guì xìng?

Nin kui sing?

Anda orang mana?

你是哪裡人？

Nǐ shì nǎ lǐ rén?

Ni she na li ren?

Saya orang Indonesia.

我是印尼人。

Wǒ shì yìn ní rén.

Wo she yin ni ren.

Darimana anda berasal?

你來自哪裡？

Nǐ lái zì nǎ lǐ?

Ni lai ce na li?

Saya berasal dari Pulau Jawa.

我來自爪哇島。

Wǒ lái zì zhuǎ wā dǎo.

Wo lai ce cua wa tau.

Mohon bimbingan dari anda.

請多指教。

Qǐng duō zhǐ jiào.

Ching tuo ce ciau.

   **DIALOG** CD 1-5

Halo, nama saya Wati.
老闆您好，我叫WATI。
Lǎo bǎn nín hǎo, wǒ jiào WATI.
Lau pan nin hau, wo ciau WATI.

Halo, saya Nyonya Wang.
妳好，我是王太太。
Nǐ hǎo, wǒ shì wáng tài tài.
Nin hau, wo she Wang thai thai.

第一課 自我介紹

Nyonya Wang, senang berkenalan dengan anda.
王太太，很高興認識您。
Wáng tài tai, hěn gāo xìng rèn shì nín.
Wang thai thai, hen kau sing ren she nin.

Kamu kelihatannya sangat muda, umur kamu berapa tahun ini?
妳看起來很年輕，今年幾歲？
Nǐ kàn qǐ lái hěn nián qīng, jīn nián jǐ suì?
Ni khan chi lai hen nien ching, cin nien ci sui?

歡迎妳

Tahun ini 24 tahun.
我今年二十四歲。
Wǒ jīn nián èr shí sì suì.
Wo cin nien er she se sui.

Selamat datang bekerja di rumah kami.
歡迎妳到我們家工作。
Huān yíng nǐ dào wǒ men jiā gōng zuò.
Huan ying ni tau wo men cia kong cuo.

介紹別人
Jiè shào bié rén
Cie shau pie ren

Memperkenalkan Orang Lain

WATI, 她是我的媽媽，
WATI, tā shì wǒ de mā ma,
WATI, tha she wo te ma ma.

她的行動不方便，請妳好好照顧她。
Tā de xíng dòng bù fāng biàn, qǐng nǐ hǎo hǎo zhào gù tā.
Tha te sing tong pu fang pien, ching ni hau hau cau ku tha.

Wati, ini adalah ibu saya. Ia tidak bisa bergerak dengan leluasa,
saya mohon kamu bisa menjaganya dengan baik.

SIAPA DIA?

CD 2-2

Dia siapa?

她*是誰？

Tā shì shéi?

Tha she shei?

Dia adalah *Ani.*

她是*ANI。

Tā shì *ANI.*

Tha she *ANI.*

Orang ini adalah *majikan* saya.

這位是我的老闆娘。

Zhè wèi shì wǒ de lǎo bǎn niáng.

Ce wei she wo te lau pan niang.

Latihan

1. Xiao Ming

小明

Xiǎo míng

Siau Ming

2. Anto

ANTO

ANTO

3. Teman saya

我的朋友

Wǒ de péng yǒu

Wo te pheng yow

★ Menyatakan dia adalah tā (cara lafal : tha), namun dalam penulisan ada sedikit perbedaan, yakni 他 (untuk lelaki), 她 (untuk perempuan), 它 (untuk hewan, tumbuhan, benda mati).

第二課　介紹別人

TEMPAT TINGGAL

CD 2-3

Dia tinggal di *Taipei.*

他住*台北。

Tā zhù *tái běi.*

Tha cu *thai pei.*

Dia tinggal di asrama pabrik.

他住在工廠宿舍。

Tā zhù zài gōng chǎng sù shè.

Tha cu cai kong chang su she.

Dia tinggal di jalan Ci Lin.

他住在吉林路。

Tā zhù zài jí lín lù.

Tha cu cai ci lin lu.

Latihan

1. Sanchong

三重

Sān chóng

San chong

2. Tainan

台南

Tái nán

Thai Nan

3. Cing Ming Street

精明路

Jīng míng lù

Cing ming lu

Dia adalah suami saya.
他是我的先生。
Tā shì wǒ de xiān shēng.
Tha she wo te sien sheng.

Pekerjaannya adalah merawat orang tua.
她的工作是照顧老人。
Tā de gōng zuò shì zhào gù lǎo rén.
Tha te kong cuo she cau ku lau ren.

Dia dan saya sekampung.
他跟我同鄉。
Tā gēn wǒ tóng xiāng.
Tha ken wo thong siang.

Dia datang ke Taiwan untuk yang pertama kalinya
她第一次來台灣。
Tā dì yī cì lái táiwān.
Tha ti yi che lai thai wan.

Orang ini adalah kakek yang harus kamu jaga.
這位是妳要照顧的阿公。
Zhè wèi shì nǐ yào zhào gù de āgong.
Ce wei she ni yau cau ku te a kong.

Pendengaran kakek tidak bagus. Saya mohon kamu dapat menjaga dia dengan baik.
阿公聽力不好，請妳好好地照顧他。
Āgong tīng lì bù hǎo, qǐng nǐ hǎo hǎo di zhào gù tā.
A kong thing li pu hau, ching ni hau hau ti cau ku tha.

DIALOG

Wati, orang ini adalah ibu saya, tahun ini telah berumur 70 tahun.

WATI，這位是我的媽媽，今年已經七十歲了。

WATI, zhè wèi shì wǒ de mā ma, jīn nián yǐ jīng qī shí suì le.

WATI, ce wei she wo te ma ma, cin nien yi cing chi she sui le.

Disini, pekerjaan kamu adalah menjaga dia.

在這裡，妳的工作是照顧她。

Zài zhè lǐ, nǐ de gōng zuò shì zhào gù tā.

Cai ce li, ni te kong cuo she cau ku tha.

Nyonya, apa yang harus saya perhatikan?

太太，我要注意什麼？

Tài tài, wǒ yào zhù yì shén me?

Thai thai, wo yau cu yi she me?

Ama tidak bisa bergerak dengan leluasa. Kamu harus memapahnya saat berjalan, jangan biarkan dia jatuh.

阿嬤行動不方便，妳要扶她走路，不要讓她跌倒。

Āma xíng dòng bù fāng biàn, nǐ yào fú tā zǒu lù, bú yào ràng tā dié dǎo.

Ama sing tong pu fang pien, ni yau fu tha cou lu, pu yau rang tha tie tau.

Ama sudah sangat tua, kamu harus menjaganya dengan sabar.

阿嬤很老了，妳要有耐心地照顧她。

Āma hěn lǎo le, nǐ yào yǒu nài xīn di zhào gù tā.

Ama hen lau le, ni yau yow nai sin ti cau ku tha.

Tidak masalah. Saya akan berusaha sebisa mungkin.

沒問題，我會努力。

Méi wèn tí, wǒ huì nǔ lì.

Mei wen thi, wo hui nu li.

第二課 介紹別人

Lesson

3

興趣、夢想

Xìng qù, mèng xiǎng

Sing chi mong siang

Hobi dan Cita-Cita

我的夢想是買一塊地，
Wǒ de mèng xiǎng shì mǎi yí kuài dì,
Wo te mong siang she mai yi khuai ti,

蓋一棟房子，給家人溫暖的家。
Gài yí dòng fáng zi, gěi jiā rén wēn nuǎn de jiā.
kai yi tong fang ce, kei cia ren wen nuan te cia.

Impian saya adalah membeli sebidang tanah,
mendirikan satu rumah. Menyediakan rumah yang
hangat bagi keluarga saya.

HOBi

CD 3-2

Apa hobi anda?

你的興趣是什麼？

Nǐ de xìng qù shì shén me?

Ni te sing chi she she me?

Saya suka *membaca buku*.

我喜歡*看書。

Wǒ xǐ huan *kàn shū*.

Wo si huan *khan shu*.

Hobi saya adalah mendengar musik.

我的興趣是聽音樂。

Wǒ de xìng qù shì tīng yīn yuè.

Wo te sing chi she thing yin yue.

Latihan

1. Menonton film
看電影
Kàn diàn yǐng
Khan tien ying

2. Bernyanyi
唱歌
Chàng gē
Chang ke

3. Berbelanja
逛街
Guàng jiē
Kuang cie

4. Menggambar
畫畫
Huà huà
Hua hua

CiTA-CiTA

CD 3-3

Impian saya adalah menjadi *guru*.

我的夢想是當*老師。

Wǒ de mèng xiǎng shì dāng *lǎo shī*.

Wo te mong siang she tang *lao she*.

Saya ingin menjadi polisi.

我想成為一位警察。

Wǒ xiǎng chéng wéi yí wèi jǐng chá.

Wo siang cheng wei yi wei cing cha.

Latihan

1. Pedagang
生意人
Shēng yì rén
Sheng yi ren

2. Menjadi orang kaya
有錢人
Yǒu qián rén
Yow chien ren

3. Bos
老闆
Lǎo bǎn
Lau pan

第三課 興趣 夢想

 25

CD 3-4

Apakah kamu suka membaca buku?

你喜歡看書嗎？

Nǐ xǐ huan kàn shū ma?

Ni si huan khan shu ma?

Saya suka bermain bola basket.

我愛打籃球。

Wǒ ài dǎ lán qiú.

Wo ai ta lan chiu.

Saya paling suka menonton film.

我最喜歡看電影。

Wǒ zuì xǐ huan kàn diàn yǐng.

Wo cui si huan khan tien ying.

Apa impianmu?

你的夢想是什麼？

Nǐ de mèng xiǎng shì shén me?

Ni te mong siang she she me?

Impian saya adalah dapat keliling dunia.

我的夢想是能環遊世界。

Wǒ de mèng xiǎng shì néng huán yóu shì jiè.

Wo te mong siang she neng huan yow she cie.

Saya berharap dapat menjadi artis.

我希望能當明星。

Wǒ xī wàng néng dāng míng xīng.

Wo si wang neng tang ming sing.

Impian abang saya adalah dapat menghasilkan banyak uang.

哥哥的願望是能賺大錢。

Gē ge de yuàn wàng shì néng zhuàn dà qián.

Ke ke te yuan wang she neng cuan ta chien.

CD 3-5

Wati, apakah kamu suka bernyanyi?
WATI，妳喜歡唱歌嗎？
WATI, nǐ xǐ huan chàng gē ma?
WATI, ni si huan chang ke ma?

Ya, saya suka sekali bernyanyi.
喜歡，我很愛唱歌。
Xǐ huan, wǒ hěn ài chàng gē.
Si huan, wo hen ai chang ke.

Kamu suka lagu yang bagaimana?
妳喜歡什麼樣的歌？
Nǐ xǐ huan shén me yàng de gē?
Ni si huan she me yang te ke?

Saya menyukai lagu pop.
我喜歡流行音樂。
Wǒ xǐ huan liú xíng yīn yuè.
Wo si huan liu sing yin yue.

Nenek juga gemar bernyanyi. Dulu, saya pernah ikut lomba menyanyi.
我也喜歡，我以前參加過歌唱比賽。
Wǒ yě xǐ huan, wǒ yǐ qián cān jiā guò gē chàng bǐ sài.
Wo ye si huan, wo yi chien chan cia kuo ke chang pi sai.

Pantas suara ama bagus sekali.
難怪阿嬤的聲音這麼好聽。
Nán guài āma de shēng yīn zhè me hǎo tīng.
Nan kuai a ma te sheng yin ce me hao thing.

照片裡的小孩是我的女兒，

Zhào piàn li de xiǎo hái shì wǒ de nǚ ér,

Cao phien li te siau hai she wo te ni er,

今年已經四歲了，她長得很可愛。

Jīn nián yǐ jīng sì suì le, tā zhǎng de hěn kě ài.

Cin nien yi cing se sui le, tha cang te hen khe ai.

Anak kecil di dalam foto ini adalah anak perempuan saya,

Tahun ini telah berumur empat tahun, dia sangat lucu.

Apakah kamu mempunyai anak?

妳有小孩嗎？

Nǐ yǒu xiǎo hái ma?

Ni yow siau hai ma?

Saya memiliki *dua anak*.

我有*兩個小孩。

Wǒ yǒu *liǎng ge xiǎo hái*.

Wo yow *liang ke siao hai.*

Saya telah melahirkan satu anak perempuan.

我生了一個女兒。

Wǒ shēng le yí ge nǚ ér.

Wo sheng le yi ke ni er.

Latihan

1. Tidak ada

沒有

Méi yǒu

Mei yow

2. Empat anak

四個小孩

Sì ge xiǎo hái

Se ke siao hai

3. Satu anak laki-laki dan satu anak perempuan

一個兒子和一個女兒

Yí ge ér zi hàn yí ge nǚ ér

Yi ke er ce han yi ke ni er

Berapa saudara yang kamu miliki?

你有幾個兄弟姊妹★？

Nǐ yǒu jǐ ge xiōng dì jiě mèi?

Ni yow ci ke siong ti cie mei?

Saya memiliki *satu abang dan satu kakak perempuan*.

我有*一個哥哥，一個姊姊。

Wǒ yǒu *yí ge gē ge, yí ge jiě jie*.

Wo yow *yi ke ke ke, yi ke cie cie.*

Saya adalah anak perempuan satu-satunya.

我是獨生女。

Wǒ shì dú shēng nǚ.

Wo she tu sheng ni.

Latihan

1. Dua adik perempuan

兩個妹妹

Liǎng ge mèi mei

Liang ke mei mei

2. Tiga adik laki-laki

三個弟弟

Sān ge dì di

San ke ti ti

3. Dua kakak laki-laki

兩個哥哥

Liǎng ge gē ge

Liang ke ke ke

4. Satu kakak perempuan

一個姊姊

Yí ge jiě jie

Yi ke cie cie

★ 兄弟姊妹 , selain berarti saudara, juga memiliki arti kakak beradik.

第四課 我的家人

Saya telah menikah.

我已經結婚了。

Wǒ yǐ jīng jié hūn le.

Wo yi cing cie hun le.

Saya belum menikah. Saya single.

我還沒有結婚。我目前單身。

Wǒ hái méi yǒu jié hūn. Wǒ mù qián dān shēn.

Wo hai mei yow cie hun, wo mu chien tan shen.

Apakah kamu memiliki sanak famili di Taiwan?

你在台灣有親戚嗎？

Nǐ zài táiwān yǒu qīn qi ma?

Ni cai thai wan yow chin chi ma?

Suami saya juga bekerja di Taiwan.

我的先生也在台灣工作。

Wǒ de xiān shēng yě zài táiwān gōng zuò.

Wo te sien sheng ye cai thai wan kong cuo.

Ayah saya adalah seorang petani.

我的爸爸是農夫。

Wǒ de bà ba shì nóng fū.

Wo te pa pa she nong fu.

Ibu saya adalah seorang ibu rumah tangga.

我的媽媽是家庭主婦。

Wǒ de mā ma shì jiā tíng zhǔ fù.

Wo te ma ma she cia thing cu fu.

Mereka semuanya tinggal bersama.

他們都住在一起。

Tā men dōu zhù zài yì qǐ.

Tha men tow cu cai yi chi.

DIALOG

Wati, apakah kamu sudah menikah?
WATI，妳結婚了嗎？
WATI, nǐ jié hūn le ma?
WATI, ni cie hun le ma?

Saya sudah menikah. Saya memiliki dua anak. Satu anak laki-laki dan satu anak perempuan.
我結婚了。我有兩個小孩，一個兒子和一個女兒。
Wǒ jié hūn le. Wǒ yǒu liǎng ge xiǎo hái, yí ge ér zi hàn yí ge nǚ ér.
Wo cie hun le, wo yow liang ke siao hai, yi ke er ce han yi ke ni er.

Umur mereka berapa?
他們幾歲了？
Tā men jǐ suì le?
Tha men ci sui le?

Anak lelaki saya berumur 8 tahun, anak perempuan saya telah berumur empat tahun.
兒子八歲，女兒今年已經四歲了。
Ér zi bā suì, nǚ ér jīn nián yǐ jīng sì suì le.
Er ce pa sui, ni er cin nien yi cing se sui le.

Apakah mereka sudah bersekolah?
他們上學了嗎？
Tā men shàng xué le ma?
Tha men shang syue le ma?

Anak lelaki saya telah masuk sekolah dasar, anak perempuan saya masih sekolah TK.
大兒子已經上小學了，小女兒還在唸幼稚園。
Dà ér zi yǐ jīng shàng xiǎo xué le, xiǎo nǚ ér hái zài niàn yòu zhì yuán.
Ta er ce yi cing shang siao syue le, siao ni er hai cai nien you ce yuen.

第四課　我的家人

Lesson 5

問候語
Wèn hòu yǔ
Wen how yi

Kalimat Sapaan

WATI，好久不見。
WATI, hǎo jiǔ bú jiàn.
WATI, haw ciu pu cien.

嗨，好久不見。妳好嗎？
Hāi, hǎo jiǔ bú jiàn. Nǐ hǎo ma?
Hai, haw ciu pu cien, ni hau ma?

Wati, sudah lama tidak berjumpa.
Hai, lama tak berjumpa. Apa kabar?

MENYAPA

Selamat pagi, nyonya.
太太，*早安。
Tài tài, zǎo ān.
Thai thai, cau an.

Bagaimana kabar anda akhir-akhir ini?
最近還好嗎？
Zuì jìn hái hǎo ma?
Cui cin hai hau ma?

Pagi, pak.
先生，早★。
Xiān shēng, zǎo.
Sien sheng, cau.

Latihan

1. Selamat siang
午安
Wǔ ān
Wu an

2. Selamat malam
晚安
Wǎn ān
Wan an

3. Sampai jumpa
再見
Zài jiàn
Cai cien

★ 早 : kalimat sapaan yang disingkat dan menyatakan selamat pagi, penggunaan singkat tidak dapat digunakan saat menyatakan selamat siang dan malam.

第五課 問候語

SILAHKAN

Silahkan minum teh, pak.
老闆，請*用茶。
Lǎo bǎn, qǐng yòng chá.
Lao pan, ching yong cha.

Hai, silahkan masuk.
您好，請進。
Nín hǎo, qǐng jìn.
Nin hau, ching cin.

Latihan

1. Silahkan dimakan
慢用
Màn yòng
Man yong

2. Minum teh
喝茶
Hē chá
He cha

3. Hati-hati
小心
Xiǎo xīn
Siau sin

4. Selamat jalan
慢走
Màn zǒu
Man cou

 33

CD 5-4

 TAMBAHAN

Apakah anda sudah kenyang?

你吃飽了嗎★？

Nǐ chī bǎo le ma?

Ni che pau le ma?

★ Kalimat lain yang bisa anda gunakan saat bertemu teman dan kalimat ini memiliki arti yang hampir sama dengan "Bagaimana kabar anda?"

Saya sudah kenyang.

我吃飽了。

Wǒ chī bǎo le.

Wo che pau le.

Lama tak jumpa.

好久不見。

Hǎo jiǔ bú jiàn.

Hau ciu pu cien.

Sarapan pagi telah siap.

早餐已經準備好了。

Zǎo cān yǐ jīng zhǔn bèi hǎo le.

Cau chan yi cing cun pei hau le.

Apakah pekerjaan anda baik-baik saja?

工作還好嗎？

Gōng zuò hái hǎo ma?

Kong cuo hai hau ma?

Bagaimana kabar anda akhir-akhir ini?

最近過得怎麼樣？

Zuì jìn guò de zěn me yàng?

Cui cin kuo te ce me yang?

Lumayan, bagaimana dengan anda?

還不錯，你呢？

Hái bú cuò, nǐ ne?

Hai pu chuo, ni ne?

(Bunyi bel pintu)
(叮咚)
(Dīng dōng)
(Ting tong)

Selamat pagi nona, silahkan masuk.
小姐，早安，請進。
Xiǎo jiě, zǎo ān, qǐng jìn.
Siao cie, cau an. Ching cin.

Pagi, lama tak jumpa.
早，好久不見。
Zǎo, hǎo jiǔ bú jiàn.
Cau, hau ciu pu cien.

Lama tak jumpa. Apakah baik-baik saja akhir-akhir ini?
好久不見。最近好嗎？
Hǎo jiǔ bú jiàn. Zuì jìn hǎo ma?
Hau ciu pu cien. Cui cin hau ma?

Baik sekali. Bagaimana dengan kamu? Apakah sudah terbiasa dengan pekerjaan disini?
很好啊。妳呢？工作還習慣嗎？
Hěn hǎo a. Nǐ ne? Gōng zuò hái xí guàn ma?
Hen hau a, ni ne? Kong cuo hai si kuan ma?

Baik sekali. Keluarga majikan disini baik sekali terhadap saya. Terima kasih atas perhatian anda.
很好。雇主家人都對我很好。謝謝關心。
Hěn hǎo. Gù zhǔ jiā rén dōu duì wǒ hěn hǎo. Xiè xie guān xīn.
Hen hau, ku cu cia ren tou tui wo hen hau. Sie sie kuan sin.

Lesson 6

感 謝
Gǎn xiè
Kan Xie

Berterima Kasih

阿嬤，爬樓梯要小心，我來扶妳吧！
Ā ma, pá lóu tī yào xiǎo xīn, wǒ lái fú nǐ ba!
Ama, pha low thi yau siau sin, wo lai fu ni pa!

WATI，謝謝妳的幫忙。
WATI, xiè xie nǐ de bāng máng.
Wati, sie sie ni te pang mang.

Ama, naik tangga harus hati-hati, mari saya papah!
Wati, terima kasih atas bantuannu.

CD 6-2

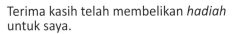 TERIMA KASIH

Terima kasih telah membelikan *hadiah* untuk saya.
謝謝你買*禮物給我。
Xiè xie nǐ mǎi *lǐ wù* gěi wǒ.
Sie sie ni mai *li wu* kei wo.

Terima kasih telah memberikan baju yang begitu bagus untuk saya.
謝謝你送我這麼漂亮的衣服。
Xiè xie nǐ sòng wǒ zhè me piào liang de yī fú.
Sie sie ni song wo ce me phiau liang te yi fu.

Saya sangat menghargainya.
我非常感謝。
Wǒ fēi cháng gǎn xiè.
Wo fei chang kan sie.

 Latihan

1. Baju
衣服
Yī fú
Yi fu

2. Sepatu
鞋子
Xié zi
Sie ce

3. Kartu Telepon
電話卡
Diàn huà kǎ
Tien hua kha

4. Majalah
雜誌
Zá zhì
Ca ce

第六課 感謝

 CD 6-3

 BERTERIMA KASIH

Terima kasih atas *bantuanmu*.
感謝★你的*幫忙。
Gǎn xiè nǐ de *bāng máng*.
Kan sie ni te *pang mang*.

Syukur.
感恩。
Gǎn ēn.
Kan en.

★ 感謝 lebih formal dari 謝謝. Lebih banyak digunakan saat mengungkapkan rasa terima kasih yang mendalam.

 Latihan

1. Telah menemani saya
陪伴
Péi bàn
Phei pan

2. Atas kebaikan anda
好意
Hǎo yì
Hau yi

3. Atas kedatangannya
到來
Dào lái
Tau lai

Terima kasih telah memberikan kesempatan untuk saya.

謝謝你給我機會。

Xiè xie nǐ gěi wǒ jī huì.

Sie sie ni kei wo ci hui.

Tidak perlu berterima kasih.

不用謝。

Bú yòng xiè.

Pu yong sie.

Jangan segan-segan.

不用客氣。

Bú yòng kè qì.

Pu yong khe chi.

Tidak perlu segan, sudah seharusnya.

不客氣，應該的。

Bú kè qì, yīng gāi de.

Pu khe chi, ying kai te.

Sama-sama.

彼此彼此。

Bǐ cǐ bǐ cǐ.

Pi che pi che.

Wati, kemari sebentar.
WATI，過來一下。
WATI, guò lái yí xià.
WATI, kuo lai yi sia.

Ada apa nyonya?
太太，怎麼了？
Tài tài, zěn me le?
Thai thai, ce me le?

Saya membelikan selembar kartu telepon untukmu.
我買了一張電話卡送給妳。
Wǒ mǎi le yì zhāng diàn huà kǎ sòng gěi nǐ.
Wo mai le yi cang tien hua kha song kei ni.

Benarkah. Terima kasih sekali, Nya!
真的嗎？太太，非常感謝妳！
Zhēn de ma? Tài tài, fēi cháng gǎn xiè nǐ!
Cen te ma? Thai thai fei chang kan sie ni.

Tidak perlu segan.
不客氣。
Bú kè qì.
Pu khe chi.

太太，對不起，我把盤子弄破了。

Tài tài, duì bù qǐ, wǒ bǎ pán zǐ nòng pò le.

Thai thai, tui pu chi, wo pa phan ce nong pho le.

沒關係，下次要小心一點。

Méi guān xī, xià cì yào xiǎo xīn yì diǎn.

Mei kuan si, sia che yau siau sin yi tien.

Maaf, Nyonya. Saya memecahkan piring.
Tidak apa, lain kali harus lebih hati-hati yah.

BERBUAT SALAH

Bukan begitu cara *mengerjakannya*.
這個不是這樣*做的。
Zhè ge bú shì zhè yàng *zuò* de.
Ce ke pu she ce yang *cuo* te.

Kamu keliru.
你弄錯了。
Nǐ nòng cuò le.
Ni nong chuo le.

Ini salah.
這是錯的。
Zhè shì cuò de.
Ce she chuo te.

Latihan

1. Cucinya
洗
Xǐ
Si

2. Ngelapnya
擦
Cā
Cha

3. Ngomongnya
說
Shuō
Shuo

4. Pakainya
用
Yòng
Yong

第七課 道歉

MAAF

Maaf, *saya telah berbuat salah.*
不好意思，*我做錯了。
Bù hǎo yì si, *wǒ zuò cuò le.*
Pu hau yi se, *wo cuo chuo le.*

Maaf.
對不起。
Duì bù qǐ.
Tui pu chi.

Saya menyesal.
我很抱歉。
Wǒ hěn bào qiàn.
Wo hen pau chien.

Latihan

1. Saya tidak tahu
我不清楚
Wǒ bù qīng chǔ
Wo pu ching chu

2. Saya terlalu ceroboh
我太粗心了
Wǒ tài cū xīn le
Wo thai chu sin le

3. Saya tidak sengaja
我不是故意的
Wǒ bú shì gù yì de
Wo pu se ku yi te

Mohon maafkan saya.

請你原諒我。

Qǐng nǐ yuán liàng wǒ.

Ching ni yuen liang wo.

Saya akan berubah lain kali.

我下次會改進。

Wǒ xià cì huì gǎi jìn.

Wo sia che hui kai cin.

Cepat minta maaf sama tante.

快向阿姨道歉。

Kuài xiàng āyí dào qiàn.

Khuai siang a yi tau chien.

Jangan begitu ngomongnya.

你不能這樣說話。

Nǐ bù néng zhè yàng shuō huà.

Ni pu neng ce yang shuo hua.

Ini tidak sopan.

這樣沒禮貌。

Zhè yàng méi lǐ mào.

Ce yang mei li mau.

Tidak apa.

沒關係。

Méi guān xi.

Mei kuan si.

Maaf telah membuat anda kuatir.

抱歉讓你擔心了。

Bào qiàn ràng nǐ dān xīn le.

Pau chien rang ni tan sin le.

Wati, apa yang kamu berikan untuk ama minum?

WATI，妳給阿嬤喝什麼？

WATI, nǐ gěi āma hē shén me?

WATI, ni kei a ma he she me?

Saya kasih ama minum teh.

我給阿嬤喝紅茶。

Wǒ gěi āma hē hóng chá.

Wo kei a ma he hong cha.

Wah~teh ini terlalu manis!

哇～這杯紅茶太甜了！

Wa~ zhè bēi hóng chá tài tián le!

Wa~ ce pei hong cha thai thien le!

Ama ada kencing manis, tidak boleh makan makanan yang manis!

阿嬤有糖尿病，不能吃甜的東西！

Āma yǒu táng niào bìng, bù néng chī tián de dōng xi.

Ama yow thang niau ping, pu neng che thien te tong si.

Maaf, Nyonya, saya salah...

太太，對不起，我錯了...

Tài tài duì bù qǐ, wǒ cuò le...

Thai thai, tui pu chi, wo chuo le...

Tidak apa, lain kali perhatikan yah.

沒關係，以後要注意一點。

Méi guān xī, yǐ hòu yào zhù yì yì diǎn.

Mei kuan si, yi how yau cu yi yi tien.

第七課　道歉

43

Lesson

8

道別

Dào bié
Tau Pie

Pamitan

太太，我要出去買菜。
Tài tài, wǒ yào chū qù mǎi cài.
Thai thai, wo yau chu chi mai chai.

好，路上小心。
Hǎo, lù shàng xiǎo xīn.
Hau, lu shang siau sin.

Nyonya, saya pergi beli sayur.
Ok, hati-hati di jalan.

Saya harus *pulang*.
我該*回去了。
Wǒ gāi *huí qù* le.
Wo kai *hui chi* le.

Saya sudah mau pergi.
我要出門了。
Wǒ yào chū mén le.
Wo yau chu men le.

Saya pulang dulu.
我先回家。
Wǒ xiān huí jiā.
Wo sien hui cia.

Latihan

1. Pergi
走
Zǒu
Cou

2. Pulang rumah
回家
Huí jiā
Hui cia

3. Keluar
出去
Chū qù
Chu chi

4. Pulang kerja
下班
Xià bān
Xia pan

第八課 道別

Sampai jumpa *besok*.
*明天見。
Míng tiān jiàn.
Ming thien cien.

Bye-bye.
再見。
Zài jiàn.
Cai cien.

Hati-hati di jalan.
慢走。
Màn zǒu.
Man cou.

Latihan

1. Lain waktu
改天
Gǎi tiān
Kai thien

2. Malam
晚上
Wǎn shàng
Wan shang

3. Lain kali
下次
Xià cì
Sia che

 45

Hati-hati di jalan.

路上小心。

Lù shàng xiǎo xīn.

Lu shang siau sin.

Semoga selamat sampai ke tujuan.

一路順風。

Yí lù shùn fēng.

Yi lu shun feng.

Jaga diri baik-baik.

保重。

Bǎo zhòng.

Pau cong.

Sudah malam, saya sudah harus pulang.

時間很晚了，我該回家了。

Shí jiān hěn wǎn le, wǒ gāi huí jiā le.

She cien hen wan le, wo kai hui cia le.

Bagaimana cara kamu pulang?

你怎麼回去？

Nǐ zěn me huí qù?

Ni cen me hui chi?

Saya pulang dengan berjalan kaki.

我要走路回去。

Wǒ yào zǒu lù huí qù.

Wo yau cou lu hui chi.

Sekarang masih pagi, sebentar lagi baru pulang.

現在還早，等一下再走。

Xiàn zài hái zǎo, děng yí xià zài zǒu.

Sien cai hai cau, teng yi sia cai cou.

CD 8-5

Ayi, kamu mau kemana?
阿姨，妳要去哪裡？
Āyí nǐ yào qù nǎ lǐ?
A yi, ni yau chi na li?

Saya mau ke mal. Kamu?
我要去百貨公司，妳呢？
Wǒ yào qù bǎi huò gōng sī, nǐ nē?
Wo yau chi pai huo kong se, ni ne?

Saya baru dari beli sayur, sekarang mau pulang.
我剛剛去買菜，現在要回家。
Wǒ gāng gāng qù mǎi cài, xiàn zài yào huí jiā.
Wo kang kang chi mai chai, sien cai yau hui cia.

Bagaimana caranya kamu pulang?
妳怎麼回去？
Nǐ zěn me huí qù?
Ni cen me hui chi?

Jalan kaki. Saya pulang rumah dulu yah. Sampai jumpa lain kali.
走路啊，那我先回家。改天見。
Zǒu lù ā, nà wǒ xiān huí jiā. Gǎi tiān jiàn.
Cou lu a, na wo sien hui cia. Kai thien cien.

Bye-bye. Hati-hati di jalan.
拜拜，路上小心。
Bāi bāi, lù shàng xiǎo xīn.
Pai pai, lu shang siau sin.

Lesson

9

祝賀、稱讚

Zhù hè, chēng zàn

Cu he, cheng can

Ucapan Selamat, Pujian

阿嬤今天好漂亮哦。

Āma jīn tiān hǎo piào liang o.

A ma cin thien hau phiau liang o.

當然啊，因為今天是特別的日子。

Dāng rán ā, yīn wèi jīn tiān shì tè bié de rì zi.

Tang ran a, yin wei cin thien she the pie te re ce.

Ama hari ini cantik sekali.

Tentu saja, karena hari ini adalah hari spesial.

UCAPAN SELAMAT

Selamat *Tahun Baru*.
*新年快樂。
Xīn nián kuài lè.
Sin nien khuai le.

Saya doakan kamu sehat walafiat.
祝你身體健康。
Zhù nǐ shēn tǐ jiàn kāng.
Cu ni shen thi cien khang.

Selamat yah!
恭喜你！
Gōng xǐ nǐ!
Kong si ni!

Latihan

1. Ulang tahun
生日
Shēng rì
Sheng re

2. Hari natal
聖誕節
Shèng dàn jié
Sheng tan cie

3. Hari ibu
母親節
Mǔ qīn jié
Mu chin cie

第九課 祝賀 稱讚

PUJIAN

Disini *bagus* sekali!
這裡好*美哦！
Zhè lǐ hǎo *měi* o!
Ce li hau *mei* o.

Baju ini cantik sekali!
這件衣服很漂亮！
Zhè jiàn yī fú hěn piào liàng!
Ce cien yi fu hen phiau liang!

Masakan ini enak sekali!
這道菜太好吃了！
Zhè dào cài tài hào chī le!
Ce tau chai thai hau che le!

Latihan

1. Keren
棒
Bàng
Pang

2. Nyaman
舒服
Shū fú
Shu fu

3. Sunyi
安靜
Ān jìng
An cing

CD 9-4

 TAMBAHAN

Tuan, anda kelihatan tampan.

先生，你好帥。

Xiān shēng, nǐ hǎo shuài.

Sien sheng, ni hau shuai.

Ama, hari ini kelihatan berseri sekali.

阿孈，妳今天氣色很好。

Āma, nǐ jīn tiān qì sè hěn hǎo.

A ma, ni cin thien chi se hen hau.

Pekerjaan kamu sangat baik.

你做得很棒。

Nǐ zuò de hěn bàng.

Ni cuo te hen pang.

Adik sangat cerdas.

弟弟好聰明。

Dì di hǎo cōng míng.

Ti ti, hau chong ming.

Saya doakan anda murah rezeki.

恭喜發財★。

Gōng xǐ fā cái.

Kong si fa chai.

Saya doakan cita-cita anda tercapai.

祝你心想事成。

Zhù nǐ xīn xiǎng shì chéng.

Cu ni sin siang she cheng.

★ Diucapkan saat hari raya Imlek.

Wati, Selamat hari Ulang Tahun!
WATI，生日快樂！
WATI, shēng rì kuài lè!
WATI, sheng re khuai le!

Nyonya, ama, terima kasih.
太太、阿嬤，謝謝妳們。
Tài tài, āma, xiè xie nǐ men.
Thai thai, a ma, sie sie ni men.

Hadiah ini buat kamu. Semoga kamu menyukainya.
這個禮物送給妳，希望妳會喜歡。
Zhè ge lǐ wù sòng gěi nǐ, xī wàng nǐ huì xǐ huan.
Ce ke li wu song kei ni. Si wang ni hui si huan.

Bolehkah saya membukanya?
我可以打開來看嗎？
Wǒ kě yǐ dǎ kāi lái kàn ma?
Wo khe yi ta khai lai khan ma?

Tentu saja.
當然。
Dāng rán.
Tang ran.

Wah~baju ini bagus sekali, saya suka banget!
哇～ 這件衣服太漂亮了。我非常喜歡！
Wa~ zhè jiàn yī fú tài piào liàng le.Wǒ fēi cháng xǐ huan!
Wa, ce cien yi fu thai phiau liang le. Wo fei chang si huan!

51

Lesson

給意見

Gěi yì jiàn

Kei yi cien

Memberikan Pendapat

太太，妳覺得這道菜怎麼樣？

Tài tài, nǐ jué de zhè dào cài zěn me yàng?

Thai thai, ni cue te ce tau chai cen me yang?

我覺得味道太淡，可以加點鹽巴。

Wǒ jué dé wèi dào tài dàn, kě yǐ jiā diǎn yán bā.

Wo cue te wei tau thai tan, khe yi cia tien yen pa.

Nyonya, menurut anda bagaimana rasa masakan ini?
Saya merasa rasanya terlalu hambar, boleh tambah
sedikit garam lagi.

Saya setuju dengan *pendapat* anda.
我同意你的*看法。
Wǒ tóng yì nǐ de *kàn fǎ.*
Wo thong yi ni te *khan fa.*

Saya setuju.
我贊成。
Wǒ zàn chéng.
Wo can cheng.

Ide ini bagus sekali.
這個主意不錯。
Zhè ge zhǔ yì bú cuò.
Ce ke cu yi pu chuo.

Latihan

1. Cara kerja
做法
Zuò fǎ
Cuo fa

2. Pemikiran
想法
Xiǎng fǎ
Siang fa

3. Cara masak
煮法
Zhǔ fǎ
Cu fa

Saya merasa *tidak enak.*
我覺得*不好吃。
Wǒ jué dé *bù hǎo chī.*
Wo cue te *pu hau che.*

Saya tidak setuju.
我不同意。
Wǒ bù tóng yì.
Wo pu thong yi.

Anda salah.
你錯了。
Nǐ cuò le.
Ni chuo le.

Latihan

1. Biasa saja
還好
Hái hǎo
Hai hau

2. Ada yang tidak beres
不對勁
Bú duì jìn
Pu tui cing

3. Ada yang masih bisa diperbaiki
還可以改進
Hái kě yǐ gǎi jìn
Hai khe yi kai cin

★ Dalam memberikan pendapat yang berbeda, sebaiknya menggunakan kalimat yang lebih halus. Disamping menghormati pendapat orang lain, anda juga dapat menyampaikan pendapat anda dengan baik dan tidak menyakiti pihak lain.

第十課 給意見

Apakah anda setuju?

你同意嗎？

Nǐ tóng yì ma?

Ni thong yi ma?

Bagaiman menurut anda?

你覺得怎麼樣？

Nǐ jué dé zěn me yàng?

Ni cue te cen me yang?

Apakah anda ada pemikiran lain?

你有什麼想法？

Nǐ yǒu shén me xiǎng fǎ?

Ni yow she me siang fa?

Saya ada pemikiran yang lain.

我有別的想法。

Wǒ yǒu bié de xiǎng fǎ.

Wo yow pie te siang fa.

Ide ini sangat bagus.

這個點子很棒。

Zhè ge diǎn zi hěn bàng.

Ce ke tien ce hen pang.

Saya abstain.

我沒意見。

Wǒ méi yì jiàn.

Wo mei yi cien.

Mohon dipikirkan dengan baik.

請你好好想一想。

Qǐng nǐ hǎo hǎo xiǎng yì xiǎng.

Ching ni hau hau siang yi siang.

 Akhir minggu ini kita pergi kalan-jalan. Bagaimana menurut kalian?
我們這週末去玩，你們覺得怎麼樣？
Wǒ men zhè zhōu mò qù wán, nǐ men jué dé zěn me yàng?
Wo men ce cow mo chi wan, ni men cue te cen me yang?

 Ide ini sangat bagus. Saya setuju.
這個主意不錯，我同意。
Zhè ge zhǔ yì bú cuò, wǒ tóng yì.
Ce ke cu yi pu chuo, wo thong yi.

 Wati, bagaimana menurutmu?
WATI，妳覺得怎麼樣？
WATI, nǐ jué dé zěn me yàng?
WATI, ni cue te cen me yang?

 Menurut saya baik sekali.
我覺得很好啊。
Wǒ jué dé hěn hǎo ā.
Wo cue te hen hau a.

 Mau pergi main kemana yah?
要去哪裡玩呢？
Yào qù nǎ lǐ wán nē?
Yao chi na li wan ne?

 Kita pergi ke Danshui.
我們去淡水吧。
Wǒ men qù dàn shuǐ ba.
Wo men chi tan shui pa.

第十課　給意見

Angka 數字 Shù Zì

Yī	Èr	Sān	Sì	Wǔ	Liù	Qī	Bā	Jiǔ	Shí
一(1)	二(2)	三(3)	四(4)	五(5)	六(6)	七(7)	八(8)	九(9)	十(10)
Satu	Dua	Tiga	Empat	Lima	Enam	Tujuh	Delapan	Sembilan	Sepuluh

Yī bǎi	Yī qiān	Yī wàn	Shí wàn	Yī bǎi wàn	Yī qiān wàn	Yī yì
一百(100)	一千(1000)	一萬(10000)	十萬(100000)	一百萬(1000000)	一千萬(10000000)	一億(100000000)
Seratus	Seribu	Sepuluh ribu	Seratus ribu	Satu juta	Sepuluh juta	Seratus juta

 ## Minggu 星期 Xīng Qí

Xīng qí yī (Lǐ bài yī)	Xīng qí èr (Lǐ bài èr)	Xīng qí sān (Lǐ bài sān)	Xīng qí sì (Lǐ bài sì)
星期一(禮拜一)	星期二(禮拜二)	星期三(禮拜三)	星期四(禮拜四)
Senin	Selasa	Rabu	Kamis

Xīng qí wǔ (Lǐ bài wǔ)	Xīng qí liù (Lǐ bài liù)	Xīng qí rì (Lǐ bài tiān)
星期五(禮拜五)	星期六(禮拜六)	星期日(禮拜天)
Jumat	Sabtu	Minggu

 ## Bulan 月份 Yuè Fèn

Yī yuè	Èr yuè	Sān yuè	Sì yuè	Wǔ yuè	Liù yuè
一月	二月	三月	四月	五月	六月
Januari	Februari	Maret	April	Mei	Juni

Qī yuè	Bā yuè	Jiǔ yuè	Shí yuè	Shí yī yuè	Shí èr yuè
七月	八月	九月	十月	十一月	十二月
Juli	Agustus	September	Oktober	November	Desember

 ## Waktu 時間 Shí Jiān

Diǎn	Fēn	Miǎo
點	分	秒
Jam	Menit	Detik

 ## Cuaca 天氣 Tiān Qì

Qíng tiān	Yīn tiān	Yǔ tiān	Tái fēng tiān
晴天	陰天	雨天	颱風天
Cerah	Mendung	Hujan	Angin topan

Chapter 2
Lesson11~18

工作篇
Pekerjaan

熟悉地方

Shoú xī dì fāng

Shou si ti fang

Mengenal tempat kerja

WATI，這裡是妳的房間。

WATI, zhè lǐ shì nǐ de fáng jiān.

WATI, ce li she ni te fang cien.

妳跟阿嬤一起睡。

Nǐ gēn āma yì qǐ shuì.

Ni ken a ma yi chi shuei.

Wati, disinilah kamarmu.

Kamu tidur bersama ama.

Ini adalah *jadwal kerja* kamu.
這是妳的*工作表。
Zhè shì nǐ de *gōng zuò biǎo*.
Ce she ni te *kong cuo piau*.

Itu adalah mesin cuci.
那是洗衣機。
Nà shì xǐ yī jī.
Na she si yi ci.

Ini bukan barang saya.
這不是我的東西。
Zhè bú shì wǒ de dōng xī.
Ce pu she wo te tong si.

Latihan

1. Kamar
房間
Fáng jiān
Fang cien

2. Tempat tidur
床
Chuáng
Chuang

3. Lemari
衣櫥
Yī chú
Yi chu

Disini adalah *dapur*.
這裡是*廚房。
Zhè lǐ shì *chú fáng*.
Ce li she *chu fang*.

Disana adalah ruang tamu.
那裡是客廳。
Nà lǐ shì kè tīng.
Na li she khe thing.

Bagian ini adalah ruang kerja bapak.
這邊是先生的書房。
Zhè biān shì xiān shēng de shū fáng.
Ce pien she sien sheng te shu fang.

Latihan

1. WC/Toilet
廁所
Cè suǒ
Che suo

2. Kamar mandi
浴室
Yù shì
Yu she

3. Balkon
陽台
Yáng tái
Yang thai

59

Apakah disini adalah balkon?

這裡是陽台嗎？

Zhè lǐ shì yáng tái ma?

Ce li she yang thai ma?

Disini bukan balkon.

這裡不是陽台。

Zhè lǐ bú shì yáng tái.

Ce li pu she yang thai.

Itu barang siapa?

那是誰的東西？

Nà shì shéi de dōng xī?

Na she shei te tong si?

Itu adalah barang saya.

那是我的東西。

Nà shì wǒ de dōng xī.

Na she wo te tong si.

Kamar saya berada disebelah.

我的房間在隔壁。

Wǒ de fáng jiān zài gé bì.

Wo te fang cien cai ke pi.

Dibagian sana ada tong sampah.

那邊有垃圾桶。

Nà biān yǒu lè sè tǒng.

Na pien yow le se thong.

Lesson 11 Mengenal Tempat Kerja

Wati, ini adalah kamar kamu.
WATI，這裡是妳的房間。
WATI, zhè lǐ shì nǐ de fáng jiān.
WATI, ce li she ni te fang cien.

Nyonya, apakah ini lemari saya?
太太， 這是我的衣櫃嗎？
Tài tài, zhè shì wǒ de yī guì ma?
Thai thai, ce she wo te yi kui ma?

Bukan. Itu milik ama. Lemari kamu ada disini.
不是，那是阿嬤的。妳的衣櫃在這邊。
Bú shì, nà shì āma de. Nǐ de yī guì zài zhè biān.
Pu she, na she a ma te. Ni te yi kui cai ce pien.

Baik.
好。
Hǎo.
Hau.

Ini adalah jadwal kerja sehari-hari. Setiap pagi mulai bekerja dari pukul 6.30 pagi.
這是妳每天的工作表。每天早上6.30開始上班。
Zhè shì nǐ měi tiān de gōng zuò biǎo. Měi tiān zǎo shàng liù diǎn bàn kāi shǐ shàng bān.
Ce she ni te kong cuo piau. Mei thien cau shang liu tien pan khai she shang pan.

Tidak masalah. Saya akan bekerja dengan baik.
沒問題，我會認真做。
Méi wèn tí, wǒ huì rèn zhēn zuò.
Mei wen thi, wo hui ren cen cuo.

Kamar saya berada disebelah, kamu boleh mencari saya jika ada masalah.
我的房間在隔壁，有問題可以來找我。
Wǒ de fáng jiān zài gé bì, yǒu wèn tí kě yǐ lái zhǎo wǒ.
Wo te fang cien cai ke pi, yow wen thi khe yi lai cao wo.

第十一課 熟悉地方

Lesson

12

掃地

Sǎo dì

Sau ti

Menyapu

CD 12-1

WATI, 這裡掃過了嗎？

WATI, zhè lǐ sǎo guò le ma?

WATI, ce li sau kuo le ma?

掃過了。

Sǎo guò le.

Sau kuo le.

Wati, tempat ini sudah disapu belum?

Sudah.

ALAT PEMBERSIH

Tempat ini *belum disapu bersih*.
這個地方*還沒掃乾淨。
Zhè ge dì fāng *hái méi sǎo gān jìng*.
Ce ke ti fang *hai mei sau kan cing*.

Cepat beres-beres rumah.
快來整理一下環境。
Kuài lái zhěng lǐ yí xià huán jìng.
Khuai lai ceng li yi sia huan cing.

Tolong dibereskan.
收拾一下。
Shōu shí yí xià.
Shou se yi sia.

Latihan

1. Sangat berantakan
很亂
Hěn luàn
Hen luan

2. Sangat banyak debu
很多灰塵
Hěn duō huī chén
Hen tuo hui chen

3. Berantakan
亂七八糟
Luàn qī bā zāo
Luan chi pa cau

4. Perlu dibereskan
要整理
Yào zhěng lǐ
Yau cheng li

第十二課 掃地

SELESAI

Cepat ambil *sapu* kesini.
快拿*掃把過來。
Kuài ná *sào bǎ* guò lái.
Khuai na *sau pa* kuo lai.

Setelah disapu, jangan lupa dipel.
掃好了，記得拖地。
Sǎo hǎo le, jì dé tuō dì.
Sau hau le, ci te thuo ti.

Setiap hari harus menyapu.
每天都要掃地。
Měi tiān dōu yào sǎo dì.
Mei thien tou yaw sau ti.

Latihan

1. Kain lap
抹布
Mǒ bù
Mo pu

2. Alat pengepel lantai
拖把
Tuō bǎ
Thuo pa

3. Mesin penghisap debu
吸塵器
Xī chén qì
Si chen chi

4. Tisu
衛生紙
Wèi shēng zhǐ
Wei sheng ce

CD 12-4

Apakah tempat ini telah disapu?

這裡掃過了嗎？

Zhè lǐ sǎo guò le ma?

Ce li sau kuo le ma?

Tempat ini telah disapu.

這裡已經掃過了。

Zhè lǐ yǐ jīng sǎo guò le.

Ce li yi cing sau kuo le.

Kamu harus menggunakan kain lap yang bersih untuk mengelap meja.

你要用乾淨的抹布擦桌子。

Nǐ yào yòng gān jìng de mǒ bù cā zhuō zi.

Ni yau yong kan cing te mo pu cha cuo ce.

Pel lantai yang terlalu basah bisa membuat lantai licin.

拖把太濕會讓地板很滑。

Tuō bǎ tài shī huì ràng dì bǎn hěn huá.

Thuo pa thai se hui rang ti pan hen hua.

Selesai mengepel, jangan lupa dikeringkan, jika tidak, orang lain mudah terjatuh.

拖完地要記得擦乾，不然容易讓人跌倒。

Tuō wán dì yào jì dé cā gān, bù rán róng yì ràng rén dié dǎo.

Thuo wan ti yau ci te cha kan, pu ran rong yi rang ren tie tau.

Kamar adik terlalu berantakan, cepat dibereskan.

弟弟的房間亂七八糟，快來幫忙整理。

Dì di de fáng jiān luàn qī bā zāo, kuài lái bāng máng zhěng lǐ.

Ti ti te fang cien luan chi pa cau, khuai lai pang mang ceng li.

Karpet harus dibersihkan dengan mesin pengisap debu.

地毯要用吸塵器清理。

Dì tǎn yào yòng xī chén qì qīng lǐ.

Ti than yau yong si chen chi ching li.

Lesson 12 Menyapu

Wati, cepat ambil sapu kesini.
WATI，快拿掃把過來。
WATI, kuài ná sào bǎ guò lái.
WATI, khuai na sau pa kuo lai.

Ada apa, Nyonya?
太太，怎麼了？
Tài tài, zěn me le?
Thai thai, ce me le?

Kamar adik terlalu berantakan.
弟弟的房間太亂了。
Dì di de fáng jiān tài luàn le.
Ti ti te fang cien thai luan le.

Saya segera bereskan.
我馬上去整理。
Wǒ mǎ shàng qù zhěng lǐ.
Wo ma shang chi ceng li.

Setelah disapu, jangan lupa dipel, ya.
掃完地，也要拖地。
Sǎo wán dì, yě yào tuō dì.
Sau wan ti, ye yau thuo ti.

Baik.
好的。
Hǎo de.
Hau te.

第十二課 掃地

65

洗衣服

Xǐ yī fú

Si Yi Fu

Mencuci Baju

太太，洗衣機怎麼用？

Tài tài, xǐ yī jī zěn me yòng?

Thai thai, si yi ci cen me yong?

先把衣服放進去，再加一點洗衣精，然後按"開始"。

Xiān bǎ yī fú fàng jìn qù, zài jiā yì diǎn xǐ yī jīng, rán hòu àn kāi shǐ.

Sien pa yi fu fang cin chi, cai cia yi tien si yi cing. Ran hou an "khai she".

Nyonya, bagaimana caranya menggunakan mesin cuci?
Masukkan baju terlebih dahulu, lalu ditambah dengan
deterjen, setelah itu baru tekan tombol "start".

CUCI BAJU

Masukkan *deterjen bubuk* terlebih dahulu.
先放入*洗衣粉。
Xiān fàng rù *xǐ yī fěn*.
Sien fang ru *si yi fen*.

Sebelum dicuci, masukkan baju terlebih dahulu ke dalam kantung pelindung baju.
洗衣前，先把衣服放進洗衣袋。
Xǐ yī qián, xiān bǎ yī fú fàng jìn xǐ yī dài.
Si yi chien, sien pa yi fu fang cin si yi tai.

Kemeja ini perlu dicuci dengan tangan.
這件襯衫要手洗。
Zhè jiàn chèn shān yào shǒu xǐ.
Ce cien chen shan yau show si.

Latihan

1. Deterjen baju (cair)
洗衣精
Xǐ yī jīng
Si yi cing

2. Softener/Pelembut pakaian
柔軟精
Róu ruǎn jīng Rou ruan cing

3. Cairan pembasmi kuman
消毒水
Xiāo dú shuǐ Siau tu shui

4. Pemutih
漂白水
Piǎo bái shuǐ
Phiau pai shui

★ Mencuci baju juga salah satu dari pekerjaan sehari-hari. Ada yang diharuskan menggunakan tangan, atau dengan mesin cuci. Cara pemakaian mesin cuci sebaiknya ditanyakan terlebih dahulu sebelum menggunakannya.

第十三課 洗衣服

JEMUR BAJU

Bawa baju ini ke *beranda* untuk dijemur.
把衣服拿去*陽台晾乾。
Bǎ yī fú ná qù *yáng tái* liàng gān.
Pa yi fu na chi *yang thai* liang kan.

Beberapa celana ini tidak boleh dikeringkan dengan mesin pengering.
這些褲子不能烘乾。
Zhè xiē kù zi bù néng hōng gān.
Ce sie khu ce pu neng hong kan.

Hujan turun, bereskan jemuran dan bawa masuk ke dalam rumah.
下雨了，快把衣服收起來。
Xià yǔ le, kuài bǎ yī fú shōu qǐ lái.
Sia yi le, khuai pa yi fu shou chi lai.

Latihan

1. Belakang
後面
Hòu miàn
Hou mien

2. Luar
外面
Wài miàn
Wai mien

3. Atap/Lantai teratas
頂樓
Dǐng lóu
Ting low

Baju-baju ini perlu dicuci dengan tangan.

這些衣服需要手洗。

Zhè xiē yī fú xū yào shǒu xǐ.

Ce sie yi fu yaw shou si.

Setelah dilipat, masukkan baju ke dalam lemari.

衣服摺好後，放進衣櫃裡。

Yī fú zhé hǎo hòu, fàng jìn yī guì lǐ.

Yi fu ce hau hou, fang cin yi kui li.

Baju putih dan baju berwarna harus dicuci secara terpisah.

白色跟深色的衣服要分開洗。

Bái sè gēn shēn sè de yī fú yào fēn kāi xǐ.

Pai se ken shen se te yi fu yau fen khai si.

Setelah dicuci, baju harus segera dijemur.

衣服洗好了就馬上拿去晾。

Yī fú xǐ hǎo le jiù mǎ shàng ná qù liàng.

Yi fu si hau le ciu ma shang na chi liang.

Setiap minggu harus menyetrika baju.

每個禮拜都要燙衣服。

Měi gè lǐ bài dōu yào tàng yī fú.

Mei ke li pai tou yau thang yi fu.

Temperatur setrika jangan terlalu tinggi.

熨斗的溫度不要太高。

Yùn dǒu de wēn dù bú yào tài gāo.

Yun tow te wen tu pu yau thai kau.

Hati-hati, jangan biarkan baju yang disetrika menjadi rusak.

小心衣服會被燙壞。

Xiǎo xīn yī fú huì bèi tàng huài.

Siau sin yi fu hui pei thang huai.

Wati, tolong cuci baju-baju ini.
WATI，把這些衣服拿去洗。
WATI, bǎ zhè xiē yī fú ná qù xǐ.
WATI, pa ce sie yi fu na chi si.

Baik, Nyonya. Apakah harus dicuci dengan tangan?
好的，太太。要用手洗嗎？
Hǎo de, tài tài. Yào yòng shǒu xǐ ma?
Hau te, thai thai. Yau yong shou si ma?

Benar, baju ini mahal harganya. Jangan dicuci dengan mesin cuci.
對，這些衣服很貴，不要用洗衣機洗。
Duì, zhè xiē yī fú hěn guì, bú yào yòng xǐ yī jī xǐ.
Tui, ce sie yi fu hen kui, pu yau yong si yi ci si.

Ok, saya mengerti.
好，我知道了。
Hǎo, wǒ zhī dào le.
Hau, wo ce tau le.

Kaus kaki dan baju bayi harus dicuci terpisah.
襪子跟Baby的衣服要分開洗。
Wà zǐ gēn Baby de yī fú yào fēn kāi xǐ.
Wa ce ken baby te yi fu yau fen khai si.

Tidak masalah.
沒問題。
Méi wèn tí.
Mei wen thi.

Setelah dicuci langsung dijemur yah.
洗好後馬上拿去晾乾。
Xǐ hǎo hòu mǎ shàng ná qù liàng gān.
Si hau hou ma shang na chi liang kan.

第十三課 洗衣服

Lesson

14

煮菜

Zhǔ cài

Cu chai

Memasak

CD 14-1

太太，菜已經準備好了。

Tài tài, cài yǐ jīng zhǔn bèi hǎo le.

Thai-thai, chai yi cing cun pei hau le.

哇~ 看起來很好吃。

Wa~ kàn qǐ lái hěn hǎo chī.

Wa~ khan chi lai hen hao che.

Nyonya, masakan telah siap dihidangkan

Wah, kelihatannya lezat sekali.

HIDANGAN

Masakan telah siap.
*菜*已經準備好了。
Cài yǐ jīng zhǔn bèi hǎo le.
Chai yi cing cun pei hau le.

Apakah sarapan telah selesai dimasak?
早餐做好了嗎?
Zǎo cān zuò hǎo le ma?
Cau chan cuo hau le ma?

Hari ini saya memasak kari sapi, menumis sayur, dan menggoreng ikan.
今天我煮咖哩牛肉、炒青菜還有煎魚。
Jīn tiān wǒ zhǔ gā lí niú ròu, chǎo qīng cài hái yǒu jiān yú.
Cin thien wo cu ka li niu rou, chau ching chai hai you cien yi.

★ "菜" berarti sayur. Saat penerapan kata, 菜 juga berarti masakan, misalnya: 菜已經煮好了.

Latihan

1. Makanan ringan
點心
Diǎn xīn
Tien sin

2. Makan Siang
午餐
Wǔ cān
Wu chan

3. Makan Malam
晚餐
Wǎn cān
Wan chan

4. Makan malam (setelah jam 10)
宵夜
Xiāo yè
Siau ye

第十四課　煮菜

RASA MASAKAN

Masakan ini kelihatannya *enak sekali*.
這一道菜*很好吃*。
Zhè yí dào cài hěn hǎo chī.
Ce yi tau chai hen hau che.

Sayuran ini perlu ditambah sedikit cabe.
這道菜要加點辣椒。
Zhè dào cài yào jiā diǎn là jiāo.
Ce tau chai yau cia tien la ciau.

Apakah kamu sudah memasak nasi?
你煮飯了嗎?
Nǐ zhǔ fàn le ma?
Ni cu fan le ma?

Latihan

1. Sedikit asin
有點鹹
Yǒu diǎn xián
Yow tien sien

2. Terlalu pedas
太辣了
Tài là le
Thai la le

3. Terlalu berminyak
太油了
Tài yóu le
Thai yow le

Bagaimana rasa masakan ini?

菜的味道怎麼樣？

Cài de wèi dào zěn me yàng?
Chai te wei tau ce me yang?

Masakan hari ini sedikit pedas.

今天這道菜好像辣了一點。

Jīn tiān zhè dào cài hǎo xiàng là le yì diǎn.
Cin thien ce tau chai hau siang la le yi tien.

Lain kali jangan tambahkan terlalu banyak cabe.

下次不要放太多辣椒。

Xià cì bú yào fàng tài duō là jiāo.
Sia che pu yaw fang thai tuo la ciau.

Apakah kamu makan daging sapi?

你吃牛肉嗎？

Nǐ chī niú ròu ma?
Ni che niu rou ma?

Saya makan daging sapi tapi saya tidak makan daging babi.

我吃牛肉但是我不吃豬肉。

Wǒ chī niú ròu dàn shì wǒ bù chī zhū ròu.
Wo che niu rou tan se wo pu che cu rou.

Sekali-kali boleh masak sup lobak untuk ama.

偶爾可以煮蘿蔔湯給阿嬤喝。

Ǒu ěr kě yǐ zhǔ luó bo tāng gěi āma hē.
Ou er khe yi cu luo puo thang kei ama he.

Ama tidak boleh makan makanan yang terlalu berminyak.

阿嬤不能吃太油。

Āma bù néng chī tài yóu.
A ma pu neng che thai yow.

Nyonya, makan malam telah siap dihidangkan.
太太，晚餐已經準備好了。
Tài tài, wǎn cān yǐ jīng zhǔn bèi hǎo le.
Thai-thai, wan chan yi cing cun pei hau le.

Hari ini masak sayur apa saja?
今天煮了什麼菜？
Jīn tiān zhǔ le shén me cài?
Cin thien cu le she me chai?

Hari ini ada tumis kangkung, kari ayam dan sup lobak.
今天有炒空心菜、雞肉咖哩、還有蘿蔔湯。
Jīn tiān yǒu chǎo kōng xīn cài, jī ròu gā lǐ, hái yǒu luó bo tāng.
Cin thien yow chao khong sin chai, ci rou ka li, hai yow luo puo thang.

Rasa sup lobak ini terlalu hambar.
蘿蔔湯味道太淡了。
Luó bo tāng wèi dào tài dàn le.
Luo puo thang wei tau thai tan le.

Maaf, garam yang saya taruh hari ini terlalu sedikit.
對不起，我今天鹽巴放太少了。
Duì bù qǐ, wǒ jīn tiān yán bā fàng tài shǎo le.
Tui pu chi, wo cin thien yen pa fang thai shau le.

Tidak apa, lain kali ingat jangan masak terlalu hambar.
沒關係，記得以後不要煮太淡。
Méi guān xī, jì dé yǐ hòu bú yào zhǔ tài dàn.
Mei kuan si, ci te yi how pu yaw cu thai tan.

第十四課 煮菜

Lesson

15

倒垃圾
Dào lè sè
Tao Le Se

Membuang Sampah

WATI，垃圾車快到了，把家裡的垃圾拿出去丟。
Wati, lè sè chē kuài dào le, bǎ jiā lǐ de lè sè ná chū qù diū.
WATI, le se che khuai tau le, pa cia li te le se na chu chi tiu.

好。
Hǎo.
Hau.

Wati, mobil sampah segera datang, bawa sampah rumah
untuk dibuang.
Baik.

BUANG SAMPAH

Sampah ini harus dibuang ke *tong sampah biasa*.
這垃圾要丟在*一般垃圾桶。
Zhè lè sè yào diū zài *yì bān lè sè tǒng*.
Ce le se yau tiu cai *yi pan le se thong*.

Biasanya, sampah harus dibagi menjadi 3 jenis.
一般來說垃圾分三類。
Yì bān lái shuō lè sè fēn sān lèi.
Yi pan lai shuo le se fen san lei.

Buang sampah di Taipei harus menggunakan "kantong sampah khusus".
台北市丟垃圾要用"專用垃圾袋"。
Tái běi shì diū lè sè yào yòng zhuān yòng lè sè dài.
Tai pei she tiu le se yau yong cuan yong le se tai.

★ Membuang sampah tidak boleh sembarangan. Barang yang bisa didaur ulang dan tidak bisa didaur ulang harus dibuang terpisah.

Latihan

1. Sampah dapur
廚餘桶
Chú yú tǒng
Chu yi thong

2. Sampah didaur ulang
資源回收桶
Zī yuán huí shōu tǒng
Ce yuan hui shou tong

第十五課 倒垃圾

 **MOBIL SAMPAH**

Mobil sampah datang *setiap Senin dan Jumat malam*.
垃圾車*每個禮拜一跟禮拜五晚上會來。
Lè sè chē *měi gè lǐ bài yī gēn lǐ bài wǔ wǎn shàng* huì lái.
Le se che *mei ke li pai yi ken li pai wu wan shang* hui lai.

Silahkan tunggu mobil sampah di luar.
請到外面等垃圾車。
Qǐng dào wài miàn děng lè sè chē.
Ching tau wai mian teng le se che.

Kamu harus buang sampah.
你要把垃圾丟掉。
Nǐ yào bǎ lè sè diū diào.
Ni yau pa le se tiu tiau.

Latihan

1. Selasa
禮拜二
Lǐ bài èr
Li pai er

2. Kamis
禮拜四
Lǐ bài sì
Li pai se

3. Hari ini pukul 7 malam
今天晚上七點
Jīn tiān wǎn shàng qī diǎn
Cin thien wan shang chi tien

Sampah dirumah harus dipisah.

家裡的垃圾要分類。

Jiā lǐ de lè sè yào fēn lèi.

Cia li te le se yau fen lei.

Sampah-sampah ini perlu didaur ulang.

這些垃圾要回收。

Zhè xiē lè sè yào huí shōu.

Ce sie le se yau hui shou.

Dik, jangan buang sampah sembarangan.

弟弟，垃圾不能亂丟。

Dì di, lè sè bù néng luàn diū.

Ti ti, le se pu neng luan tiu.

Botol, kertas dan kaleng termasuk sampah yang didaur ulang.

瓶子、紙類、罐子可以回收。

Píng zi, zhǐ lèi, guàn zi kě yǐ huí shōu.

Phing ce, ce lei, kuan ce khe yi hui shou.

Mobil sampah hampir tiba.

垃圾車快來了。

Lè sè chē kuài lái le.

Le se che khuai lai le.

Kantong sampah telah habis terpakai.

垃圾袋已經用完了。

Lè sè dài yǐ jīng yòng wán le.

Le se tai yi cing yong wan le.

 **DIALOG**

Wati, sampah dirumah harus dipisah.
WATI，家裡的垃圾要分類。
WATI, jiā lǐ de lè sè yào fēn lèi.
WATI, cia li te le se yau fen lei.

Bagaimana cara pisahnya?
太太，請問應該怎麼分類呢？
Tài tài, qǐng wèn yīng gāi zěn me fēn lèi ne?
Thai thai, ching wen ying kai cen me fen lei ne?

Sampah dapur dibungkus dalam satu plastik. Plastik, tisu
dibuang di dalam ini.
廚房的垃圾裝成一袋，塑膠袋、衛生紙都丟在這裡面。
Chú fáng de lè sè zhuāng chéng yí dài, sù jiāo dài, wèi shēng zhǐ dōu diū zài zhè lǐ miàn.
Chu fang te le se cuang cheng yi tai, su ciau tai, wei sheng ce tow tiu cai ce li mien.

Bagaimana dengan tong sampah ini?
那這個垃圾桶呢？
Nà zhè ge lè sè tǒng ne?
Na ce ke le se thong ne?

Tong sampah ini digunakan untuk membuang sampah yang
bisa didaur ulang seperti kertas dan botol.
這個垃圾桶是丟可回收物品，像是紙類和瓶子。
Zhè ge lè sè tǒng shì diū kě huí shōu wù pǐn, xiàng shì zhǐ lèi hàn píng zi.
Ce ke le se thong she tiu khe huei shou wu phin, siang se ce lei han phing ce.

Mobil sampah segera datang, bawa kantong plastik sampah ini
keluar untuk dibuang.
垃圾車快來了，妳趕快拿去外面丟。
Lè sè chē kuài lái le, nǐ gǎn kuài ná qù wài miàn diū.
Le se che khuai lai le, ni kan khuai na chi wai mien tiu.

第十五課 倒垃圾

Lesson

16

洗廁所
Xǐ cè suǒ
Si che suo

Membersihkan WC

WATI，廁所裡的衛生紙快用完了。
WATI, cè suǒ lǐ de wèi shēng zhǐ kuài yòng wán le.
WATI, che suo li te wei sheng ce khuai yong wang le.

我馬上去拿新的。
Wǒ mǎ shàng qù ná xīn de.
Wo ma shang chi na sin te.

Wati, tisu di toilet hampir habis.
Saya segera mengambil yang baru.

MEMBERSIHKAN KAMAR MANDI

Toilet harus dicuci bersih.
*廁所要*洗乾淨。
Cè suǒ yào xǐ gān jìng.
Che suo yau si kan cing.

Segera bersihkan kamar mandi.
快去清理浴室。
Kuài qù qīng lǐ yù shì.
Khuai chi ching li yi she.

Lantai kamar mandi terlalu basah.
廁所的地板太濕了。
Cè suǒ de dì bǎn tài shī le.
Che suo te ti pan thai se le.

Latihan

1. Kloset, disikat
馬桶→刷
Mǎ tǒng, shuā
Ma thong, shua

2. Bak mandi, dicuci
浴缸→洗
Yù gāng, xǐ
Yi kang, si

3. Kaca, dilap
鏡子→擦
Jìng zi, cā
Cing ce, cha

★ 廁所 (cè suǒ, dilafal che suo) dan 浴室 (yù shì, dilafal yu se) memiliki arti yang hampir sama. Perbedaannya 廁所 berarti toilet tanpa tempat mandi, sedangkan 浴室 berarti kamar mandi.

PERALATAN KAMAR MANDI

Sabun Cair sudah terpakai habis, cepat ambil yang baru.
*沐浴乳用完了,快去拿新的。
Mù yù rǔ yòng wán le, kuài qù ná xīn de.
Mu yi ru yong wan le, khuai chi na sin te.

Bak mandi harus disikat dengan cairan pembersih khusus untuk kamar mandi.
浴缸要用浴室清潔劑刷。
Yù gāng yào yòng yù shì qīng jié jì shuā.
Yi kang yau yong yi she ching cie ci shua.

Latihan

1. Shampo
洗髮精
Xǐ fà jīng
Si fa cing

2. Sabun mandi
肥皂
Féi zào
Fei cau

3. Sabun cuci tangan
洗手乳
Xǐ shǒu rǔ
Si shou ru

第十六課 洗廁所

Apakah mesin pemanas air telah dibuka?

熱水器開了嗎？

Rè shuǐ qì kāi le ma?

Re shui chi khai le ma?

Air didalam WC tidak panas.

浴室裡面的水不熱。

Yù shì lǐ miàn de shuǐ bú rè.

Yi she li mien te shui pu re.

Jangan taruh banyak barang diatas wastafel.

洗手台不要放太多東西。

Xǐ shǒu tái bú yào fàng tài duō dōng xī.

Si shou thai pu yau fang thai tuo tong si.

Sampah di WC telah penuh.

廁所裡面的垃圾已經滿了。

Cè suǒ lǐ miàn de lè sè yǐ jīng mǎn le.

Che suo li mien te le se yi cing man le.

Kloset mampet, pakai ini untuk melancarkan kloset.

馬桶不通，你用這個疏通。

Mǎ tǒng bù tōng, nǐ yòng zhè ge shū tōng.

Ma thong pu thong, ni yong ce ke shu thong.

Pewangi WC sangat wangi.

廁所芳香劑很香。

Cè suǒ fāng xiāng jì hěn xiāng.

Che suo fang siang ci hen siang.

WC harus selalu dijaga dalam keadaan kering dan bersih!

廁所一定要隨時保持乾燥及乾淨！

Cè suǒ yí dìng yào suí shí bǎo chí gān zào jí gān jìng!

Che suo yi ting yau shui she pao che kan cao ci kan cing!

Wati, mari saya ajari bagaimana mencuci kamar mandi.
WATI，我來教妳怎麼清洗家裡的浴室。
WATI, wǒ lái jiāo nǐ zěn me qīng xǐ jiā lǐ de yù shì.
WATI, wo lai ciau ni cen me ching si cia li te yi she.

Baik.
好的。
Hǎo de.
Hau te.

Lantai, kloset dan bak mandi dicuci dengan pembersih ini.
地板、馬桶、浴缸必須用清潔劑刷乾淨。
Dì bǎn, mǎ tǒng, yù gāng bì xū yòng qīng jié jì shuā gān jìng.
Ti pan, ma thong, yi kang pi si yong ching cie ci shua kan cing.

Nyonya, sampah di WC harus dibuang kemana?
太太，廁所的垃圾要丟哪裡？
Tài tài, cè suǒ de lè sè yào diū nǎ lǐ?
Thai thai, che suo te le se yau tiu na li?

Dibuang di tong sampah yang ada diluar.
丟到外面的垃圾桶。
Diū dào wài miàn de lè sè tǒng.
Tiu tau wai mien te le se thong.

Jika tisu habis terpakai, kamu boleh ambil yang baru di gudang.
如果衛生紙用完了，妳可以到儲藏室拿新的。
Rú guǒ wèi shēng zhǐ yòng wán le, nǐ kě yǐ dào chú cáng shì ná xīn de.
Ru kuo wei sheng ce yong wan le, ni khe yi tau chu chang she na sin te.

Saya mengerti.
好的，我知道了。
Hǎo de, wǒ zhī dào le.
Hau te, wo ce tau le.

Lesson

17

打電話

Dǎ diàn huà

Ta tien hua

Menelepon

喂，請問王太太在嗎？

Wéi, qǐng wèn wáng tài tài zài mā?

Wei, ching wen wang thai thai cai ma?

您等一下。

Nín děng yí xià.

Nin teng yi sia.

Halo, apakah Nyonya Wang ada?

Tunggu sebentar yah.

 MENELEPON

 CD 17-2

Latihan

Halo, apakah *SITI* ada di rumah?
喂★，請問*SITI在家嗎？
Wéi, qǐng wèn SITI zài jiā ma?
Wei, ching wen *SITI* cai cia ma?

Halo.
喂，您好。
Wéi, nín hǎo.
Wei, nin hau.

Halo, saya mencari nyonya.
喂，我找太太。
Wéi, wǒ zhǎo tài tài.
Wei, wo cau thai thai.

1. Tuan
先生
Xiān shēng
Sien sheng

2. Nenek
阿嬤
Āma
A ma

3. WATI
瓦蒂
WATI

★ Percakapan ditelepon biasanya dimulai dengan kalimat sapaan: "喂" (wéi) =Halo.

 MENITIP PESAN

 CD 17-3

Latihan

Tolong beritahu dia *saya sedang mencarinya*.
請告訴他，*我在找他*。
Qǐng gào sù tā, wǒ zài zhǎo tā.
Ching kau su tha, *wo cai cau tha*.

Mohon beritahu bahwa saya menelepon.
麻煩告訴他，我有打來。
Má fán gào sù tā, wǒ yǒu dǎ lái.
Ma fan kau su tha, wo yow ta lai.

Saya akan telepon lagi.
我會再打過來。
Wǒ huì zài dǎ guò lái.
Wo hui cai ta kuo lai.

1. Saya ada hal mendesak
我有急事
Wǒ yǒu jí shì
Wo yow ji she

2. Saya sudah tiba
我已經到了
Wǒ yǐ jīng dào le
Wo yi cing tau le

3. Saya bakal telat
我會遲到
Wǒ huì chí dào
Wo hui che tau

第十七課 打電話

 83

Mohon beritahukan dia untuk menelepon balik.
麻煩請他回電。
Má fán qǐng tā huí diàn.
Ma fan ching tha hui tien.

Nomor telepon saya adalah 0911-888-168.
我的電話號碼是 0911-888-168★。
Wǒ de diàn huà hào mǎ shì líng jiǔ yī yī bā bā bā yī liù bā.
Wo te tien hua hau ma she ling ciu yi yi pa pa pa yi liu pa.

Bolehkah saya menitip pesan?
我可以留言嗎？
Wǒ kě yǐ liú yán ma?
Wo khe yi liu yen ma?

Tolong beritahukan bahwa ama jatuh sakit.
請跟他說阿嬤生病了。
Qǐng gēn tā shuō āma shēng bìng le.
Ching ken tha shuo a ma sheng ping le.

Kapan dia pulang?
他什麼時候回來？
Tā shén me shí hòu huí lái?
Tha shen me she hou huei lai?

Saya tidak jelas.
我不清楚。
Wǒ bù qīng chǔ.
Wo pu ching chu.

★ No telepon ini hanya sekedar contoh.

 CD 17-5

Halo.
喂，您好。
Wéi, nín hǎo.
Wei, nin hau.

Apakah bos ada?
請問老闆在嗎？
Qǐng wèn lǎo bǎn zài ma?
Ching wen lau pan cai ma?

(Kring..kringg...)

Bapak sekarang tidak ada di kantor.
老闆現在不在公司。
Lǎo bǎn xiàn zài bú zài gōng sī.
Lau pan sien cai pu cai kong se.

Apakah saya boleh menitip pesan?
我可以留言嗎？
Wǒ kě yǐ liú yán ma?
Wo khe yi liu yen ma?

Boleh saja.
可以啊。
Kě yǐ ā.
Khe yi a.

Tolong beritahukan pada bapak bahwa saya Wati, ama sakit, mohon telepon balik secepatnya.
麻煩告訴先生我是WATI，阿嬤生病了，請他趕快回電。
Má fán gào sù xiān shēng wǒ shì WATI, āma shēng bìng le, qǐng tā gǎn kuài huí diàn.
Ma fan kau su sien sheng wo she Wati, a ma sheng ping le, ching tha kan khuai huei tien.

Ok, saya akan memberitahu dia.
好，我會通知他。
Hǎo, wǒ huì tōng zhī tā.
Hau, wo hui thong ce tha.

第十七課 打電話

接電話

Menerima Telepon

喂，請問您找誰？
Wèi, qǐng wèn nín zhǎo shéí?
Wei, ching wen nin cau shei?

我找阿嬤。
Wǒ zhǎo āma.
Wo cau a ma.

Halo, anda sedang mencari siapa?
Saya mencari ama.

CD 18-2

TIDAK BERADA DI RUMAH

Dia *sekarang tidak berada di rumah*.
他*現在不在家。
Tā *xiàn zài bú zài jiā*.
Tha *sien cai pu cai cia*.

Dia sudah keluar rumah.
他應該出門了。
Tā yīng gāi chū mén le.
Tha ying kai chu men le.

Dia sedang menelepon.
他正在講電話。
Tā zhèng zài jiǎng diàn huà.
Tha ceng cai ciang tien hua.

★ Saat menerima telepon, jika yang dicari ada berarti anda harus menjawab 在 (zài) berarti ada, jika tidak berada di tempat anda menjawab 不在 (bú zài).

Latihan

1. Sudah pergi keluar
出去了
Chū qù le
Chu chi le

2. Sudah pulang rumah
回家了
Huí jiā le
Hui cia le

3. Sudah pergi kerja
去上班了
Qù shàng bān le
Chi shang pan le

第十八課 接電話

CD 18-3

KAPAN DIA PULANG

Dia kira-kira *pukul lima* baru pulang.
他大概*五點才會回來。
Tā dà gài *wǔ diǎn* cái huì huí lái.
Tha ta kai *wu tien* chai hui huei lai.

Sebentar lagi dia pulang.
他等一下就會回來了。
Tā děng yí xià jiù huì huí lái le.
Tha teng yi sia ciu hui huei lai.

Saya tidak tahu kapan dia sampai di rumah.
我不知道他什麼時候會到家。
Wǒ bù zhī dào tā shén me shí hòu huì dào jiā.
Wo pu ce tau tha shen me she hou hui tau cia.

Latihan

1. Agak malam
晚點
Wǎn diǎn
Wan tien

2. Besok
明天
Míng tiān
Ming thien

3. Sore
下午
Xià wǔ
Sia wu

Siapakah anda?
請問您是誰？
Qǐng wèn nín shì shéí?
Ching wen nin she shei?

Anda siapa?
請問哪裡找？
Qǐng wèn nǎ lǐ zhǎo?
Ching wen na li cau?

Anda siapa?
您哪位★？
Nín nǎ wèi?
Nin na wei?

Maaf, anda salah menelepon.
不好意思，你打錯了。
Bù hǎo yì si, nǐ dǎ cuò le.
Pu hau yi se, ni ta chuo le.

Mohon ditunggu sebentar.
請稍等。
Qǐng shāo děng.
Ching shau teng.

Kapan dia pulang?
他什麼時候回來？
Tā shén me shí hòu huí lái?
Ta shen me she hou huei lai?

Saya akan memberitahu dia.
我會轉告給他。
Wǒ huì zhuǎn gào gěi tā.
Wo hui cuan kau kei tha.

★ kalimat informal

Halo, siapakah anda?

喂，請問哪裡找？

Wéi, qǐng wèn nǎ lǐ zhǎo?

Wei, ching wen na li cau?

WATI, saya Nyonya. Apakah ama ada?

WATI，我是太太。阿嬤在嗎？

WATI, wǒ shì tài tài. Āma zài ma?

WATI, wo she thai thai, a ma cai ma?

Ama sedang tidur.

阿嬤在睡覺。

Āma zài shuì jiào.

A ma cai shui ciau.

Oh, kira-kira ama bangun jam berapa?

哦，阿嬤大概幾點起來？

O, āma dà gài jǐ diǎn qǐ lái?

O, a ma ta kai ci tien chi lai?

Sekitar jam 5 bangun.

大概五點起來。

Dà gài wǔ diǎn qǐ lái.

Ta kai wu tien chi lai.

Ok, nanti saya akan menelepon kembali.

好吧。等一下我再打過來。

Hǎo ba. Děng yí xià wǒ zài dǎ guò lái.

Hau pa, teng yi sia wo cai ta kuo lai.

第十八課 接電話

Bagian tubuh 身體部位 Shēn Tǐ Bù Wèi

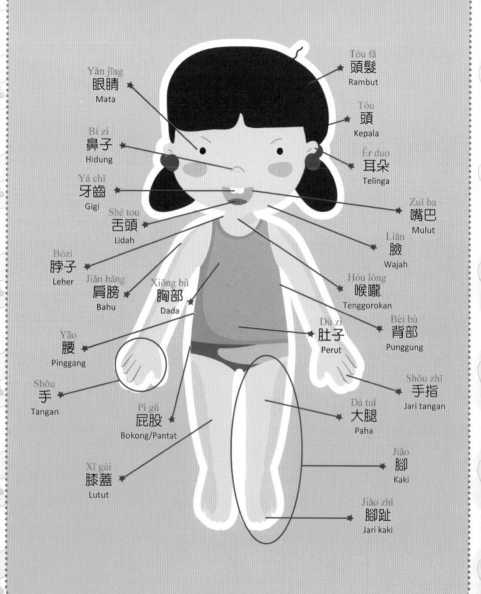

Yǎn jīng
眼睛
Mata

Tóu fà
頭髮
Rambut

Tóu
頭
Kepala

Bí zi
鼻子
Hidung

Ěr duo
耳朵
Telinga

Yá chǐ
牙齒
Gigi

Zuǐ ba
嘴巴
Mulut

Shé tou
舌頭
Lidah

Liǎn
臉
Wajah

Bózi
脖子
Leher

Hóu lóng
喉嚨
Tenggorokan

Jiān bǎng
肩膀
Bahu

Xiōng bù
胸部
Dada

Bèi bù
背部
Punggung

Dù zi
肚子
Perut

Yāo
腰
Pinggang

Shǒu zhǐ
手指
Jari tangan

Shǒu
手
Tangan

Pì gǔ
屁股
Bokong/Pantat

Dà tuǐ
大腿
Paha

Jiǎo
腳
Kaki

Xī gài
膝蓋
Lutut

Jiǎo zhǐ
腳趾
Jari kaki

Chapter 3
Lesson19~23

照顧老人篇
Merawat Orang Tua

按摩

Àn mó

An mo

Memijat

WATI，我的肩膀好酸哦。

WATI, wǒ de jiān bǎng hǎo suān o.

WATI, wo te cien pang hau suan o.

我來幫妳按摩。

Wǒ lái bāng nǐ àn mó.

Wo lai pang ni an mo.

WATI, bahu saya pegal sekali.

Mari saya bantu memijatnya.

MEMiJAT

Ama, mari saya bantu *pijat*.
阿嬤，我幫妳*按摩。
Āma, wǒ bāng nǐ *àn mó*.
Ama, wo pang ni *an mo*.

Tangan saya pegal.
我的手好酸。
Wǒ de shǒu hǎo suān.
Wo te shou hau suan.

Ama, luruskan kakimu.
阿嬤，把妳的腳伸直。
Āma, bǎ nǐ de jiǎo shēn zhí.
Ama, pa ni te ciau sheng ce.

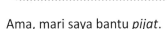

Latihan

1. Tepuk punggung
拍背
Pāi bèi
Phai pei

2. Mendorong kursi roda
推輪椅
Tuī lún yǐ
Thuei lun yi

3. Ambilkan tongkat kesini
拿拐杖過來
Ná guǎi zhàng guò lái
Na kuai cang kuo lai

第十九課 按摩

TENAGA PiJAT

Lebih kuat lagi tenaganya.
*大力一點。
Dà lì yì diǎn.
Ta li yi tien.

Ama, tenaga seperti ini cukup ga?
阿嬤，這個力道可以嗎？
Āma, zhè ge lì dào kě yǐ ma?
A ma, ce ke li tau khe yi ma?

Tenaga pijat ini pas.
這個力道剛好。
Zhè ge lì dào gāng hǎo.
Ce ke li tau kang hau.

Latihan

1. Lebih pelan
小力
Xiǎo lì
Siau li

2. Gunakan tenaga
用力
Yòng lì
Yong li

3. Lambat
慢
Màn
Man

4. Ringan
輕
Qīng
Ching

Wati, sini bantu saya pijat.

WATI，過來幫我按摩。

WATI, guò lái bāng wǒ àn mó.

WATI, kuo lai pang wo an mo.

Ama, balikkan badan anda ke sebelah kiri.

阿嬤，把身體轉左邊。

Āma, bǎ shēn tǐ zhuǎn zuǒ biān.

A ma, pa shen thi cuan cuo pien.

Saya bantu tepuk-tepuk punggung.

我幫妳拍拍背。

Wǒ bāng nǐ pāi pāi bèi.

Wo pang ni phai phai pei.

Nyaman ga dipijat seperti ini?

這樣按舒服嗎？

Zhè yàng àn shū fú ma?

Ce yang an shu fu ma?

Sekarang badan saya sudah lebih enakan.

我的身體舒服多了。

Wǒ de shēn tǐ shū fú duō le.

Wo te shen ti shu fu tuo le.

Jangan terlalu kuat, sakit sekali.

小力點，很痛。

Xiǎo lì diǎn, hěn tòng.

Siao li tien, hen thong.

CD 19-5

DIALOG

Ama, mari saya pijat, balikkan dulu badan ke sebelah kiri.
阿嬤，我幫妳按摩，先把身體轉左邊。
Āma, wǒ bāng nǐ àn mó, xiān bǎ shēn tǐ zhuǎn zuǒ biān.
Ama, wo pang ni an mo, sien pa shen thi cuan cuo pien.

Wati, kuatkan lagi tenaganya.
WATI，大力一點。
WATI, dà lì yì diǎn.
WATI, ta li yi tien.

Ok. Apakah tenaga begini cukup?
好的，這樣力道可以嗎？
Hǎo de, zhè yàng lì dào kě yǐ ma?
Hau te, ce yang li tau khe yi ma?

第十九課 按摩

Tenaga begini pas.
嗯，剛剛好。
En, gāng gāng hǎo.
En, kang kang hau.

Ama, sekarang balikkan badan ke sebelah kanan.
阿嬤，現在把身體轉右邊。
Āma, xiàn zài bǎ shēn tǐ zhuǎn yòu biān.
A ma, sien cai pa shen thi cuan cuo pien.

Wah, sekarang badan saya sudah lebih enakan,
terima kasih yah.
哇，我的身體舒服多了，謝謝妳。
Wa, wǒ de shēn tǐ shū fú duō le. Xiè xie nǐ.
Wa, wo te shen ti shu fu tuo le. Sie sie ni.

在浴室

Zài yù shì

Cai yi she

Di Kamar Mandi

WATI，我想尿尿。

WATI, wǒ xiǎng niào niào.

WATI, wo siang niau niau.

我帶妳去廁所。

Wǒ dài nǐ qù cè suǒ.

Wo tai ni chi che suo.

Wati, saya ingin buang air kecil.

Mari saya antar ke toilet.

Ama, mari saya *mandikan*.

阿嬤，我幫妳*洗澡。

Āma, wǒ bāng nǐ *xǐ zǎo*.

A ma, wo pang ni *si cau*.

Air mandi telah disiapkan.

洗澡水準備好了。

Xǐ zǎo shuǐ zhǔn bèi hǎo le.

Si cau shui cun pei hau le.

Saya mulai membasuhkan air, pejamkan mata.

我要開始沖水，把眼睛閉起來。

Wǒ yào kāi shǐ chōng shuǐ, bǎ yǎn jīng bì qǐ lái.

Wo yau khai she chong shui, pa yen cing pi chi lai.

Latihan

1. Ganti celana

換褲子

Huàn kù zi

Huan khu ce

2. Melepas pakaian

脫衣服

Tuō yī fú

Thuo yi fu

3. Membersihkan badan

洗身體

Xǐ shēn tǐ

Si shen thi

第廿課　在浴室

Wati, antar saya *ke toilet*.

WATI，帶我去*上廁所。

WATI, dài wǒ qù *shàng cè suǒ*.

WATI, tai wo chi *shang che suo*.

Ama, ingin kencing atau buang air besar?

阿嬤，妳要小號還是大號★？

Āma, nǐ yào xiǎo hào hái shì dà hào?

Ama, ni yau siau hau hai she ta hau?

Hati-hati, lantai licin.

小心，地板很滑。

Xiǎo xīn, dì bǎn hěn huá.

Siau sin, ti pan hen hua.

Latihan

1. Buang Air Kecil

小便

Xiǎo biàn

Siau pien

2. Mandi

洗澡

Xǐ zǎo

Si cau

3. Buang Air Besar

大便

Dà biàn

Ta pien

4. Kencing

尿尿

Niào niào

Niau niau

★ 小號 (Xiǎo hào) , 大號 (Dà hào) merupakan kalimat halus untuk menyatakan buang air kecil dan besar.

Ama, saya siapkan air untuk mandi terlebih dahulu.

阿嬤，我先去準備洗澡水。

Āma, wǒ xiān qù zhǔn bèi xǐ zǎo shuǐ.

Ama, wo sien chi cun pei si cau shui.

Saya bantu ama keramas.

我幫妳洗頭。

Wǒ bāng nǐ xǐ tóu.

Wo pang ni si thou.

Saya ingin mandi dengan air hangat.

我要用溫水洗澡。

Wǒ yào yòng wēn shuǐ xǐ zǎo.

Wo yau yong wen shui si cau.

Hari ini saya tidak ingin berendam.

我今天不想泡澡。

Wǒ jīn tiān bù xiǎng pào zǎo.

Wo cin thien pu siang phau cau.

Saya bawa celana dan baju dalam baru.

我帶來新的內衣內褲了。

Wǒ dài lái xīn de nèi yī nèi kù le.

Wo tai lai sin te nei yi nei khu le.

Ama, saya papah ama ke toilet.

阿嬤，我扶妳去上廁所。

Āma, wǒ fú nǐ qù shàng cè suǒ.

Ama, wo fu ni chi shang che suo.

Saya sudah selesai buang air, bantu saya pakai celana.

我上好了，幫我穿褲子。

Wǒ shàng hǎo le, bāng wǒ chuān kù zi.

Wo shang hau le, pang wo chuan khu ce.

CD 20-5

Wati, antar saya mandi yah.
WATI，帶我去洗澡。
WATI, dài wǒ qù xǐ zǎo.
WATI, tai wo chi si cau.

Saya siapkan air panas dulu.
我先去準備熱水。
Wǒ xiān qù zhǔn bèi rè shuǐ.
Wo sien chi cun pei re shui.

Saya ingin mandi dengan air hangat.
我想用溫水洗。
Wǒ xiǎng yòng wēn shuǐ xǐ.
Wo siang yong wen shui si.

Ok. Ama, saya bantu ama buka baju dulu.
沒問題。阿嬤，我先幫妳脫衣服。
Méi wèn tí. Āma, wǒ xiān bāng nǐ tuō yī fú.
Mei wen thi. Ama, wo sien pang ni thuo yi fu.

Suhu air ini pas.
這個水溫剛好。
Zhè ge shuǐ wēn gāng hǎo.
Ce ke shui wen kang hau.

Saya mulai membasuh dengan air, pejamkan mata dulu.
我要沖水了，先閉上眼睛。
Wǒ yào chōng shuǐ le, xiān bì shàng yǎn jīng.
Wo yau chong shui le, sien pi shang yen cing.

Ama, saya bantu mengelap badan ama dengan handuk.
阿嬤，現在我幫妳用毛巾擦身體。
Āma, xiàn zài wǒ bāng nǐ yòng máo jīn cā shēn tǐ.
Ama, sien cai wo pang ni yong mau cin cha shen thi.

第廿課 在浴室

Lesson

21

復健
Fù jiàn
Fu cien

CD 21-1

Terapi Kesehatan

WATI, 中午別忘了帶阿嬤去醫院。
WATI, zhōng wǔ bié wàng le dài āma qù yī yuàn.
WATI, cong wu pie wang le tai a ma chi yi yuen.

好，我知道了。
Hǎo, wǒ zhī dào le.
Hau, wo ce tau le.

Wati, siang ini jangan lupa bawa ama
pergi ke rumah sakit.
Baik, saya mengerti.

PERGI BEROBAT

Wati, jangan lupa bawa ama *pergi terapi*.

WATI，別忘了帶阿嬤*去復健。
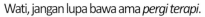

WATI, bié wàng le dài āma *qù fù jiàn*.

WATI, pie wang le tai a ma *chi fu cien*.

Sebelum siang, kita akan ke dokter untuk kembali berobat.

中午前我們要去醫院複診。

Zhōng wǔ qián wǒ men yào qù yī yuàn fù zhěn.

Cong wu chien wo men yau chi yi yuan fu cen.

Saya pergi daftar nomor terlebih dahulu.

我先去掛號。

Wǒ xiān qù guà hào.

Wo sien chi kua hau.

Latihan

1. Pergi ke rumah sakit

去醫院

Qù yī yuàn

Chi yi yuen

2. Pergi jalan-jalan

出去散步

Chū qù sàn bù

Chu chi san pu

TERAPI

Ama, anda harus sering *terapi*.

阿嬤，妳要多*復健。

Āma, nǐ yào duō *fù jiàn*.

A ma, ni yau tuo *fu cien*.

Ama, pelan-pelan gerakkan kakimu.

阿嬤，慢慢動妳的腳。

Āma, màn màn dòng nǐ de jiǎo.

A ma, man man tong ni te ciau.

Sering melakukan terapi, tubuh baru bisa lebih sehat.

常做復健，身體才會健康。

Cháng zuò fù jiàn, shēn tǐ cái huì jiàn kāng.

Chang cuo fu cien, shen thi chai hui cien khang.

Latihan

1. Olahraga

運動

Yùn dòng

Yun tong

2. Jalan-jalan

散步

Sàn bù

San pu

3. Jalan-jalan

走走

Zǒu zǒu

Cou cou

Nyonya, saya ingin mengantar ama pergi terapi.

太太，我要帶阿嬤去復健。

Tài tài, wǒ yào dài āma qù fù jiàn.

Thai thai, wo yau tai a ma chi fu cien.

Ama, luruskan kakimu pelan-pelan.

阿嬤，慢慢伸展妳的腳。

Āma, màn màn shēn zhǎn nǐ de jiǎo.

A ma, man man shen can ni te ciau.

Kaki saya sakit sekali.

我的腳好痛哦。

Wǒ de jiǎo hǎo tòng o.

Wo te ciau hau thong o.

Tidak apa, pelan-pelan saja.

沒關係，慢慢來。

Méi guān xī, màn màn lái.

Mei kuan si, man man lai.

Ama, terapi hari ini berjalan lancar.

阿嬤，今天的復健很順利。

Āma, jīn tiān de fù jiàn hěn shùn lì.

A ma, cin thien te fu cien hen shun li.

Anda hebat sekali.

妳好棒哦。

Nǐ hǎo bàng o.

Ni hau pang o.

CD 21-5

Ama, kita mulai terapi yah.

阿嬤，我們開始復健囉。

Āma, wǒ men kāi shǐ fù jiàn lō.

A ma, wo men khai she fu cien luo.

Silahkan gerakkan kakimu pelan-pelan.

請慢慢移動妳的腳。

Qǐng màn màn yí dòng nǐ de jiǎo.

Ching man man yi tong ni te ciau.

Aiya, sakit sekali!

哎呀，好痛哦！

Āi ya, hǎo tòng o!

Ai ya, hau thong o!

Tidak apa, pelan-pelan saja.

沒關係，慢慢來。

Méi guān xī, màn màn lái.

Mei kuan si, man man lai.

第廿一課　復健

Sekarang gerakkan kakimu ke kiri, ama, anda hebat sekali!

再動左邊一點，阿嬤，妳好棒哦！

Zài dòng zuǒ biān yì diǎn, āma, nǐ hǎo bàng o!

Cai tong cuo pien yi tien, a ma, ni hau pang o!

Wati, terima kasih telah menemani saya.

WATI，謝謝妳來陪我。

WATI, xiè xie nǐ lái péi wǒ.

WATI, sie sie ni lai phei wo.

Sama-sama. Minggu depan kita datang lagi yah.

不客氣，下禮拜我們再一起來複診。

Bú kè qì, xià lǐ bài wǒ men zài yì qǐ lái fù zhěn.

Pu khe chi, sia li pai wo men cai yi chi lai fu cen.

Lesson

22

餵阿嬤吃飯
Wèi ā ma chī fàn
Wei a ma che fan

Menyuapi Makanan

阿嬤，晚餐已經準備好了。
Āma, wǎn cān yǐ jīng zhǔn bèi hǎo le.
A ma, wan chan yi cing cun pei hau le.

我沒有胃口。
Wǒ méi yǒu wèi kǒu.
Wo mei yow wei khou.

Ama, makan malam sudah siap.
Saya sedang tidak berselera.

CD 22-2

MENYUAPI MAKANAN

Saya suapi kamu *bubur*.
我餵妳吃*粥。
Wǒ wèi nǐ chī *zhōu*
Wo wei ni che *cou*.

Ama, makan sedikit dulu.
阿嬤，先吃一點。
Āma, xiān chī yì diǎn.
A ma, sien che yi tien.

Ama, makan satu sendok lagi.
阿嬤，再多吃一口。
Āma, zài duō chī yì kǒu.
A ma, cai tuo che yi khou.

 **Latihan**

1. Nasi
飯
Fàn
Fan

2. Mie
麵
Miàn
Mien

3. Roti
麵包
Miàn bāo
Mien pau

 CD 22-3

SELERA MAKAN

Saya tidak *ingin makan*.
我不*想吃。
Wǒ bù *xiǎng chī*.
Wo pu *siang* che.

Apakah ini enak?
這個好吃嗎？
Zhè ge hǎo chī ma?
Ce ke hau che ma?

Saya sedang tidak berselera.
我沒有胃口。
Wǒ méi yǒu wèi kǒu.
Wo mei yow wei khou.

Latihan

1. Lapar
餓
È
E

2. Suka makan
喜歡吃
Xǐ huan chī
Si huan che

第廿二課　餵阿嬤吃飯

Saya masak makanan kesukaanmu, bubur daging babi.

我煮了妳最愛的瘦肉粥。

Wǒ zhǔ le nǐ zuì ài de shòu ròu zhōu.

Wo cu le ni cui ai te shou rou cou.

Bawa semangkuk bubur ini ke kamar untuk ama.

妳把這碗粥端去房間給阿嬤吃。

Nǐ bǎ zhè wǎn zhōu duān qù fáng jiān gěi āma chī.

Ni pa ce wan cou tuan chi fang cien kei a ma che.

Ama, makanan ini sangat bergizi loh.

阿嬤，這道菜很營養。

Āma, zhè dào cài hěn yíng yǎng.

A ma, ce tau chai hen ying yang.

Makan sedikit lagi, sudah hampir habis.

再一點就吃完了。

Zài yì diǎn jiù chī wán le.

Cai yi tien ciu che wan le.

Ama, anda sudah selesai makan loh!

阿嬤，妳吃完了耶！

Āma, nǐ chī wán le ye!

A ma, ni che wan le ye.

Saya sudah kenyang.

我已經吃飽了。

Wǒ yǐ jīng chī bǎo le.

Wo yi cing che pau le.

Lesson 22 Menyuapi Makanan

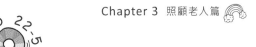

 DIALOG

Ama, saya sudah masakin bubur.
阿嬤，我煮了稀飯。
Āma, wǒ zhǔ le xī fàn.
A ma, wo cu le si fan.

Taruh dulu, saya masih belum berselera.
先放著吧，我還沒有胃口。
Xiān fàng zhe ba, wǒ hái méi yǒu wèi kǒu.
Sien fang ce pa, wo hai mei yow wei khou.

Ama, makanlah sedikit. Saya suapin makan yah?
阿嬤，多少吃一點，我餵妳好嗎？
Āma, duō shǎo chī yì diǎn, wǒ wèi nǐ hǎo ma?
A ma, tuo shao che yi tien, wo wei ni hau ma?

Ok. Rasanya lumayan enak.
嗯。味道還不錯。
En. Wèi dào hái bú cuò.
En, wei tau hai pu chuo.

Kalau begitu, makan sedikit lagi yah.
阿嬤，那再吃一口哦。
Āma, nà zài chī yì kǒu ō.
A ma, na cai che yi khou o.

Ama, apakah sudah kenyang? Mari saya bantu ngelap mulut.
阿嬤，吃飽了嗎？我幫妳擦嘴巴。
Āma, chī bǎo le ma? Wǒ bāng nǐ cā zuǐ ba.
A ma, che pau le ma? Wo pang ni cha cui pa.

第廿二課　餵阿嬤吃飯

Lesson

23

吃藥
Chī yào
Che yau

Minum Obat

 CD 23-1

阿嬤，吃完飯要記得吃藥哦。
Āma, chī wán fàn yào jì dé chī yào ō.
A ma, che wan fan yau ci te che yau wo.

好。
Hǎo.
Hau.

Ama, sehabis makan ingat minum obat yah.
Baik.

 MINUM OBAT

 CD 23-2

Ama, saatnya *minum obat*.
阿嬤，該*吃藥了。
Āma, gāi *chī yào* le.
A ma, kai *che yau* le.

Obat pereda demam ini harus diminum sesudah makan.
這感冒藥一定要飯後吃。
Zhè gǎn mào yào yí dìng yào fàn hòu chī.
Ce kan mau yau yi ting yau fan hou che.

Obat ini pahit sekali.
這些藥好苦。
Zhè xiē yào hǎo kǔ.
Ce sie yau hau khu.

Latihan

1. Disuntik
打針
Dǎ zhēn
Ta cen

2. Mengukur tekanan darah
量血壓
Liáng xiě yā
Liang sie ya

3. Terapi
復健
Fù jiàn
Fu cien

 MENGUKUR TEKANAN DARAH CD 23-3

Ama, tekanan darahmu lebih *tinggi* hari ini.
阿嬤，妳的血壓今天比較*高。
Āma, nǐ de xiě yā jīn tiān bǐ jiào *gāo*.
A ma, ni te sie ya cin thien pi ciau *kau*.

Mari saya bantu untuk mengukur tekanan darah.
我來幫妳量血壓。
Wǒ lái bāng nǐ liáng xiě yā.
Wo lai pang ni liang xie ya.

Besok diukur sekali lagi.
明天再量一次。
Míng tiān zài liáng yí cì.
Ming thien cai liang yi che.

Latihan

1. Rendah
低
Dī
Ti

2. Normal
正常
Zhèng cháng
Ceng chang

第廿三課 吃藥

 109

Obat harus diminum tiga kali sehari.
每天要吃三次藥。
Měi tiān yào chī sān cì yào.
Mei thien yau che san thien yau.

Ama tidak boleh minum obat sebelum makan.
阿嬤不可以空腹★時吃藥哦。
Āma bù kě yǐ kōng fù shí chī yào ō.
A ma pu khe yi khong fu she che yau o.

Saya tidak mau disuntik dan juga tidak mau minum obat.
我不想打針，也不想吃藥。
Wǒ bù xiǎng dǎ zhēn, yě bù xiǎng chī yào.
Wo pu siang ta cen, ye pu siang che yau.

Obat tradisional Cina ini tidak enak.
這些中藥★好難吃。
Zhè xiē zhōng yào hǎo nán chī.
Ce sie cong yau hau nan che.

Dokter memberikan resep obat penurun darah tinggi.
醫生開了降低血壓的藥。
Yī shēng kāi le jiàng dī xiě yā de yào.
Yi sheng khai le ciang ti sie ya te yau.

Kamu harus ingat untuk memberikan obat kepada ama sesuai waktunya.
妳要記得給阿嬤按時吃藥。
Nǐ yào jì dé gěi āma àn shí chī yào.
Ni yau ci te kei a ma an she che yau.

★ 空腹 (kōng fù) = perut dalam keadaan kosong.

★ Obat Tradisional Cina dan Obat Dokter tidak boleh diminum bersamaan.

★ Aturan minum obat biasanya terdiri dari : 飯前 (fàn qián). Sebelum makan、飯後 (fàn hòu). Sesudah makan、睡前 (shuì qián) . Sebelum tidur.

Ama, tekanan darah ama lebih tinggi dibandingkan kemarin.

阿嬤，妳的血壓比昨天高。

Āma, nǐ de xiě yā bǐ zuó tiān gāo.

A ma, ni te sie ya pi cuo thien kau.

Jadi bagaimana?

那怎麼辦？

Nà zěn me bàn?

Na ce me pan?

Tidak apa, dokter ada memberikan obat penurun darah tinggi.

沒關係，醫生有開降低高血壓的藥給妳。

Méi guān xī, yī shēng yǒu kāi jiàng dī gāo xiě yā de yào gěi nǐ.

Mei kuan si, yi sheng yow khai ciang ti kau sie ya te yaw kei ni.

Saya tidak mau minum obat, obatnya terlalu pahit.

我不要吃，這些藥太苦了。

Wǒ bú yào chī, zhè xiē yào tài kǔ le.

Wo pu yaw che, ce sie yaw thai khu le.

Harus diminum, ama. Dengan begitu tekanan darah baru bisa turun.

要吃啦，阿嬤。這樣血壓才會正常。

Yào chī la, āma. Zhè yàng xiě yā cái huì zhèng cháng.

Yaw che la, a ma, ce yang sie ya chai hui ceng chang.

Baiklah.

好吧。

Hǎo ba.

Hau pa.

第廿三課 吃藥

MRT Taipei 台北捷運

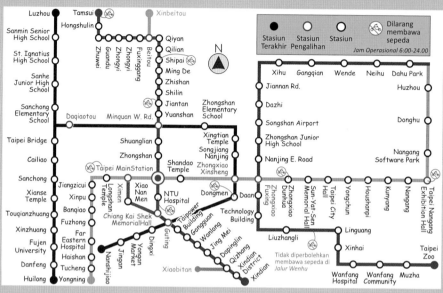

MRT Kaoshiung 高雄捷運

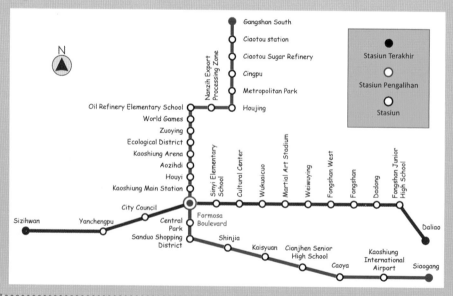

Lampiran 附錄

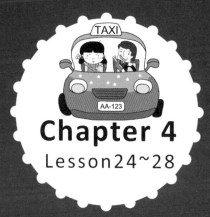

Chapter 4
Lesson24~28

交通篇
Transportasi

Lesson

24

問路
Wèn lù
Wen lu

Menanyakan Jalan

CD 24-1

不好意思，請問清真寺怎麼走？
Bù hǎo yì si, qǐng wèn qīng zhēn sì zěn me zǒu?
Pu hau yi se, ching wen ching cen se cen me cou?

左轉，然後直走。
Zuǒ zhuǎn, rán hòu zhí zǒu.
Cuo cuan, ran hou ce cou.

Maaf, numpang tanya bagaimana cara pergi ke Mesjid?
Belok kiri, kemudian jalan terus.

MENANYAKAN CARA JALAN

Bagaimana cara pergi ke *MRT*?

請問*捷運站怎麼走？

Qǐng wèn *jié yùn zhàn* zěn me zǒu?

Ching wen *cie yin can* cen me cou?

Pasar dimana yah?

菜市場在哪裡？

Cài shì chǎng zài nǎ lǐ?

Chai she chang cai na li?

Bagaimana caranya agar saya bisa sampai ke Ren-Ai Road?

我要如何到仁愛路？

Wǒ yào rú hé dào rén ài lù?

Wo yau ru he tau ren ai lu?

Latihan

1. Bank

銀行

Yín háng

Yin hang

2. Kantor Pos

郵局

Yóu jú

You ci

3. Stasiun Kereta Api

火車站

Huǒ chē zhàn

Huo che can

4. Terminal bus

公車站

Gōng chē zhàn

Kong che can

第廿四課　問路

ARAH

Seberangi jalan terlebih dahulu, kemudian *belok kiri*.

先過馬路，再*左轉。

Xiān guò mǎ lù, zài *zuǒ zhuǎn*.

Sien kuo ma lu, cai *cuo cuan*.

Jalan terus, saat melihat lampu merah pertama, lalu belok kanan.

繼續走，看到第一個紅綠燈，然後右轉。

Jì xù zǒu, kàn dào dì yī ge hóng lù dēng, rán hòu yòu zhuǎn.

Ci si cou, khan tau ti yi ke hong li teng, ran hou yow cuan.

Tempat itu ada di seberang jalan.

它就在對面。

Tā jiù zài duì miàn.

Tha ciu cai tui mien.

Latihan

1. Belok kanan

右轉

Yòu zhuǎn

Yow cuan

2. Belok kiri

直走

Zhí zǒu

Ce cou

Maaf, apakah anda tahu MRT terdekat ada dimana?

不好意思，你知道附近的捷運站在哪裡嗎？

Bù hǎo yì si, nǐ zhī dào fù jìn de jié yùn zhàn zài nǎ lǐ ma?

Pu hau yi se, ni ce tau fu cin te cie yin can cai na li ma?

Saya tersesat.

我迷路了。

Wǒ mí lù le.

Wo mi lu le.

Apakah dari sini ke stasiun kereta api masih jauh?

從這裡到火車站還很遠嗎？

Cóng zhè lǐ dào huǒ chē zhàn hái hěn yuǎn ma?

Chong ce li tau huo che can hai hen yuen ma?

Dekat sekali, jalan terus saja sudah bisa sampai.

很近，直走就到了。

Hěn jìn, zhí zǒu jiù dào le.

Hen cin, ce cou ciu tau le.

Jarak dari sini ke Keelung sangat jauh.

這裡離基隆很遠。

Zhè lǐ lí jī lóng hěn yuǎn.

Ce li li ci long hen yuen.

Agar lebih cepat, saya sarankan anda naik taksi.

我建議你搭計程車比較快。

Wǒ jiàn yì nǐ dā jì chéng chē bǐ jiào kuài.

Wo cien yi ni ta ci cheng che pi ciau khuai.

Jalan saja sampai ke seberang gang sudah sampai kok.

走到對面的巷口就到了。

Zǒu dào duì miàn de xiàng kǒu jiù dào le.

Cou tau tui mien te siang khou ciu tau le.

Saya tersesat.
我迷路了。
Wǒ mí lù le.
Wo mi lu le.

Nona, anda mau kemana?
小姐，妳要去哪裡？
Xiǎo jiě, nǐ yào qù nǎ lǐ?
Siau cie, ni yau chi na li?

第廿四課　問路

Saya mau ke Mesjid, numpang tanya bagaimana cara perginya?
我要去清真寺。請問怎麼走？
Wǒ yào qù qīng zhēn sì. Qǐng wèn zěn me zǒu?
Wo yau chi ching cen se, ching wen cen me cou?

Jalan terus sampai ke gang pertama, kemudian belok kanan,
mesjid berada disebelah kiri.
直走到第一個巷口，然後右轉，它就在左手邊。
Zhí zǒu dào dì yī ge xiàng kǒu, rán hòu yòu zhuǎn, tā
jiù zài zuǒ shǒu biān.
Ce cou tau ti yi ke siang khou, ran hou yow cuan, tha ciu cai cuo
shou pien.

Terima kasih banyak.
非常謝謝你。
Fēi cháng xiè xie nǐ.
Fei chang sie sie ni.

Sama-sama.
不客氣。
Bú kè qì.
Pu khe chi.

搭公車
Dā gōng chē
Ta kong che

Naik Bus

CD 25-1

請問哪裡可以搭公車到中山北路？
Qǐng wèn nǎ lǐ kě yǐ dā gōng chē dào zhōng shān běi lù?
Ching wen na li khe yi ta kong che tau cong shan pei lu?

在對面的站牌。
Zài duì miàn de zhàn pái.
Cai tui mien te can phai.

Numpang tanya, dimana bisa naik bus ke Jhongshan
North Road?
Di seberang halte sana.

NAIK BUS

Saya mau pulang dengan *bus no 610*.
我要搭*610公車回家。
Wǒ yào dā liù yī líng gōng chē huí jiā.
Wo yau ta *liu yi ling kong che* huei cia.

Numpang tanya, sampai ke Taipei Main Stasiun harus naik bus nomor berapa?
請問到台北車站要搭幾號公車？
Qǐng wèn dào tái běi chē zhàn yào dā jǐ hào gōng chē?
Ching wen tau thai pei che can yau ta ci hau kong che?

Berapa lama sekali akan ada bus yang datang?
多久會有一班車？
Duō jiǔ huì yǒu yì bān chē?
Tuo ciu hui yow yi pan che?

Latihan

1. Bus(untuk perjalanan jarak jauh/ antar daerah)
客運
Kè yùn
Khe yin

2. Bus kota
巴士
Bā shì
Pa she

3. Taksi
計程車
Jì chéng chē
Ci cheng che

第廿五課 搭公車

PEMBERHENTIAN BUS

Halte berikutnya : *Jhongshan Road Intersection*.
下一站，*中山路口。
Xià yí zhàn, zhōng shān lù kǒu.
Sia yi can, cong shan lu khou.

Bus telah tiba, mari naik.
公車來了，上車吧。
Gōng chē lái le, shàng chē ba.
Kong che lai le, shang che pa.

Sebelum turun dari bus, jangan lupa tekan tombol turun.
下車前，記得要按下車鈴。
Xià chē qián, jì dé yào àn xià chē líng.
Sia che chien, ci te yau an sia che ling.

Latihan

1. Halte terakhir
終點站 Zhōng diǎn zhàn
Cong tien can

2. San Min Road Intersection
三民路口 Sān mín lù kǒu
San min lu khou

3. MRT Danshui
捷運淡水站
Jié yùn dàn shuǐ zhàn
Cie yin tan shui can

 119

Apakah ada halte bus di sekitar sini?

附近有公車站嗎？

Fù jìn yǒu gōng chē zhàn ma?

Fu cin yow kong che can ma?

Kamu boleh naik MRT kemudian ganti bus untuk sampai ke tujuan.

你可以搭捷運再轉公車。

Nǐ kě yǐ dā jié yùn zài zhuǎn gōng chē.

Ni khe yi ta cien yin cai cuan kong che.

Apakah bisa sampai ke stasiun kereta api Banchiao?

請問有到板橋火車站嗎？

Qǐng wèn yǒu dào bǎn qiáo huǒ chē zhàn ma?

Ching wen yow tau pan chiau huo che can ma?

Bus terakhir pukul 10.00 malam.

最後一班車是晚上十點。

Zuì hòu yì bān chē shì wǎn shàng shí diǎn.

Cui hou yi pan che she wan shang she tien.

Bayar pada saat naik (turun) Bus.

上(下)車收票。

Shàng (xià) chē shōu piào.

Shang (sia) che shou phiau.

Jika naik bus, berapa lama waktu yang dibutuhkan untuk tiba?

搭公車要多久才會到？

Dā gōng chē yào duō jiǔ cái huì dào?

Ta kong che yau tuo ciu chai hui tau?

Tiba di Yangmingshan perlu membayar 2 kali.

到陽明山要付兩段票★。

Dào yáng míng shān yào fù liǎng duàn piào.

Tau yang ming shan yau fu liang tuan phiau.

★ Yang dimaksud dengan "一段票" (Yīduàn piào) adalah cukup membayar satu kali saat naik atau turun bus, sedangkan "兩段票" (Liǎng duàn piào) adalah perlu membayar dua kali saat naik dan turun bus.

Ini adalah halte terakhir.

這裡是終點站。

Zhè lǐ shì zhōng diǎn zhàn.

Ce li she cong tien can.

Apakah didekat sini ada halte bus?

請問附近有公車站嗎？

Qǐng wèn fù jìn yǒu gōng chē zhàn ma?

Ching wen fu cin yow kong che can ma?

Kamu mau pergi kemana?

妳要去哪裡？

Nǐ yào qù nǎ lǐ?

Ni yau chi na li?

Saya mau ke Taipei Main Stasiun beli barang.

我要去台北車站買東西。

Wǒ yào qù tái běi chē zhàn mǎi dōng xi.

Wo yau chi thai pei che can mai tong si.

Kamu bisa naik bis no 220 di halte seberang sana.

妳可以在對面站牌搭220號公車。

Nǐ kě yǐ zài duì miàn zhàn pái dā èr èr líng hào gōng chē.

Ni khe yi cai tui mien can phai ta er er ling kong che.

Berhenti di halte mana?

到哪一站下車？

Dào nǎ yí zhàn xià chē?

Tau na yi can sia che?

Berhenti di halte Taipei Main Stasiun.

到台北車站下車。

Dào tái běi chē zhàn xià chē.

Tau thai pei che can sia che.

Berapa lama sekali akan ada bus yang datang?

請問多久會有一班車？

Qǐng wèn duō jiǔ huì yǒu yì bān chē?

Ching wen tuo ciu hui yow yi pan che?

Sekitar 10-15 menit.

大概10到15分鐘一班車。

Dà gài shí dào shí wǔ fēn zhōng yì bān chē.

Ta kai she tau she wu fen cong yi pan che.

第廿五課　搭公車

 121

我要買票到台中單程票一張。

Wǒ yāo mǎi piào dào tái zhōng dān chéng piào yì zhāng.

Wo yau mai phiau tau thai cong tan cheng phiau yi cang.

下一班車是5.30，在第二月台搭車。

Xià yì bān chē shì wǔ diǎn bàn, zài dì èr yuè tái dā chē.

Sia yi pan che she wu tien pan, cai ti er yue thai ta che.

Saya ingin menbeli tiket ke Taichung.
Kereta berikutnya adalah pukul 5.30, Silahkan
naik dari platforn kedua.

CD 26-2

Saya ingin naik MRT ke *Danshui*.
我要搭捷運到*淡水。
Wǒ yào dā jié yùn dào *dàn shuǐ*.
Wo yau ta cie yin tau *tan shui*.

Numpang tanya, ke Taipei 101 naik jalur MRT yang mana?
請問到台北101要搭哪條線？
Qǐng wèn dào tái běi yī líng yī yào dā nǎ tiáo xiàn?
Ching wen tau thai pei yi ling yi yau ta na thiau sien?

Isi Kartu Easy card saya telah habis.
我的悠遊卡*沒錢了。
Wǒ de yōu yóu kǎ méi qián le.
Wo te yow yow kha mei chien le.

Latihan

1. Mucha
木柵
Mù zhà
Mu ca

2. Banchiao
板橋
Bǎn qiáo
Pan chiau

3. Taipei Main Station
台北車站
Tái běi chē zhàn
Thai pei che can

★ 悠遊卡 (Yōu yóu kǎ) adalah kartu yang biasa digunakan untuk naik mrt, bus, dan kereta api.

第廿六課　搭捷運／火車

CD 26-3

NAIK KERETA API

Saya ingin naik *kereta api Express* ke Taoyuan.
我要搭*自強號到桃園。
Wǒ yào dā *zì qiáng hào* dào táo yuán.
Wo yau ta ce chiang hau tau thau yuen.

Numpang tanya jalur ke Keelung harus melalui platform berapa?
請問到基隆是哪一個月台？
Qǐng wèn dào jī lóng shì nǎ yí ge yuè tái?
Ching wen tau ci long she na yi ke yue thai?

Jam berapa ada kereta api berikutnya?
下一班火車是幾點？
Xià yì bān huǒ chē shì jǐ diǎn?
Sia yi pan huo che she ci tien?

Latihan

1. Kereta Lokal
區間車 Qū jiān chē
Chi cien che

2. Kereta Fu Xing
復興號 Fù xīng hào
Fu sing hau

3. Kereta Chu Kuang Express
莒光號 Jǔ guāng hào
Ci kuang hau

★ Ada 4 jenis kereta api di Taiwan, yakni kereta lokal, kereta Fuxing, kereta Chu Kuang express, dan Kereta Ce Chiang Limited Express, kereta lokal berhenti hampir disetiap terminal, sedang kereta Ce Chiang Express, Fuxing dan Chu Kuang berhenti di terminal yang telah ditentukan. Dari keempat kereta ini, kereta Ce Chiang Express adalah yang tercepat.

Ini adalah tempat duduk prioritas.

這是博愛座★。

Zhè shì bó ài zuò.
Ce she puo ai cuo.

★Tempat duduk prioritas adalah tempat duduk untuk orang tua, ibu hamil, anak kecil, dan orang cacat.

Kamu harus ganti kereta di MRT Jhongxiao Fuxing.

你要在忠孝復興站轉車。

Nǐ yào zài zhōng xiào fù xīng zhàn zhuǎn chē.
Ni yau cai cong siau fu sing can cuan che.

Menuju Ximending silahkan keluar dari exit 6.

往西門町是從六號出口出去。

Wǎng xī mén dīng shì cóng liù hào chū kǒu chū qù.
Wang si men ting she chong liu hau chu khou chu chi.

Saya mau menambah uang untuk kartu Easy Card.

我的悠遊卡要加值。

Wǒ de yōu yóu kǎ yào jiā zhí.
Wo te yow yow kha yau cia ce.

Saat naik eskalator, silahkan berdiri di sebelah kanan.

搭手扶梯★時，請靠右邊站。

Dā shǒu fú tī shí, qǐng kào yòu biān zhàn.
Ta shou fu thi she, ching khau yow pien can.

★ Untuk kepentingan bersama, naik eskalator di mrt harus berdiri di sebelah kanan.

Numpang tanya, mau beli tiket dimana?

請問我要在哪裡買票？

Qǐng wèn wǒ yào zài nǎ lǐ mǎi piào?
Ching wen wo yau cai na li mai phiau?

Kereta berikutnya adalah pukul 10.30 pagi.

下一班車是10.30分。

Xià yì bān chē shì shí diǎn sān shí fēn.
Sia yi pan che she she tien san she fen.

Tempat duduk anda adalah gerbong 7 nomor 6.

你的座位是在第七車廂的六號。

Nǐ de zuò wèi shì zài dì qī chē xiāng de liù hào.
Ni te cuo wei she cai ti chi che siang te liu hau.

Lesson 26 Naik MRT / Kereta Api

 CD 26-5

DIALOG

Maaf, uang dalam kartu Easy Card saya telah habis.
不好意思，請問我的悠遊卡沒有錢了怎麼辦？
Bù hǎo yì si, qǐng wèn wǒ de yōu yóu kǎ méi yǒu qián le zěn me bàn?
Pu hau yi se, ching wen wo te yow yow kha mei yow chien le cen me pan?

Mari saya bantu tambah uang.
我幫您加值。
Wǒ bāng nín jiā zhí.
Wo pang ni cia ce.

Jika saya ingin ke Taipei 101, saya harus naik jalur yang mana.
我要去台北101，請問應該搭什麼線？
Wǒ yào qù tái běi yī líng yī, qǐng wèn yīng gāi dā shén me xiàn?
Wo yau chi thai pei yi ling yi, ching wen kai ta she me sien?

Anda bisa naik jalur biru, kemudian turun di MRT Taipei City Hall.
請您搭藍線，然後在市政府站下車。
Qǐng nín dā lán xiàn, rán hòu zài shì zhèng fǔ zhàn xià chē.
Ching nin ta lan sien, ran how cai she ceng fu can sia che.

Harus melalui pintu keluar nomor berapa?
請問我應該從幾號出口出去？
Qǐng wèn wǒ yīng gāi cóng jǐ hào chū kǒu chū qù?
Ching wen wo ying kai chong ci hau chu khou chu chi?

Silakan keluar dari pintu Exit 2, disana ada bis gratis untuk ke Taipei 101.
請從二號出口出去，那裡有接駁車到101大樓。
Qǐng cóng èr hào chū kǒu chū qù, nà lǐ yǒu jiē bó chē dào yī líng yī dà lóu.
Ching chong er hau chu kou chu chi, na li yow cie po che tau yi ling yi ta low.

Terima kasih banyak.
非常謝謝你。
Fēi cháng xiè xie nǐ.
Fei chang sie sie ni.

第廿六課 搭捷運／火車

125

Lesson

搭計程車
Dā jì chéng chē
Ta ci cheng che

Naik Taksi

司機大哥，麻煩到台北車站，謝謝。
Sī jī dà gē, má fán dào tái běi chē zhàn, xiè xie.
Se ci ta ke, ma fan tau thai pei che can, sie sie.

好的，請繫好安全帶。
Hǎo de, qǐng xì hǎo ān quán dài.
Hau te, ching si hau an chien tai.

Pak Supir, mohon antar saya ke Taipei Main Station.
Terima kasih.
Baik, silahkan pasang sabuk pengaman.

MAU KEMANA?

Numpang tanya anda mau kemana?
請問要到哪裡？
Qǐng wèn yào dào nǎ lǐ?
Ching wen yau tau na li?

Mohon diantar sampai *Jhongxiao East Road Sec.2.*
麻煩到*忠孝東路二段。
Má fán dào *zhōng xiào dōng lù èr duàn.*
Ma fan tau *cong siau tong lu er tuan.*

Harga taksi dihitung berdasarkan argo.
計程車是跳表收費的。
Jì chéng chē shì tiào biǎo shōu fèi de.
Ci cheng che she thiau piau shou fei te.

Latihan

1. Rumah Sakit NTU
台大醫院
Tái dà yī yuàn
Thai ta yi yuen

2. Gongguan
公館
Gōng guǎn
Kong kuan

3. Jhongjheng Road
中正路
Zhōng zhèng lù
Cong ceng lu

BERHENTI

Mohon berhenti *disini.*
請在*這裡停車。
Qǐng zài *zhè lǐ* tíng chē.
Ching cai *ce li* thing che.

Anda mau berhenti dimana?
你要在哪裡下車？
Nǐ yào zài nǎ lǐ xià chē?
Ni yau cai na li sia che?

Berhenti di depan perempatan jalan saja juga ok.
在前面的路口停就行了。
Zài qián miàn de lù kǒu tíng jiù xíng le.
Cai chien mien te lu khou thing ciu sing le.

Latihan

1. Diseberang
對面
Duì miàn
Tui mien

2. Disana
那裡
Nà lǐ
Na li

3. Di depan 7-11 (seven eleven)
前面的 7-11
Qián miàn de 7-11
Chien mien te 7-11

第廿七課 搭計程車

Mohon pasang sabuk pengaman.

請繫安全帶。

Qǐng xì ān quán dài.

Ching si an chien tai.

Saya ingin panggil taksi.

我要叫車。

Wǒ yào jiào chē.

Wo yau ciau che.

Mohon diperlambat sedikit.

請開慢一點。

Qǐng kāi màn yì diǎn.

Ching khai man yi tien.

Saya sedang terburu-buru. Bisa lebih cepat sedikit ga?

我有急事，可以開快一點嗎？

Wǒ yǒu jí shì, kě yǐ kāi kuài yì diǎn ma?

Wo yow ci she, khe yi khai khuai yi tien ma?

Harga awal naik taksi disini berapa yah?

這裡計程車跳表起價是多少錢？

Zhè lǐ jì chéng chē tiào biǎo qǐ jià shì duō shǎo qián?

Ce li ci cheng che thiau piau chi cia she tuo shau chien?

Pak, sampai di depan gang belok kiri.

先生，麻煩在前面巷子左轉。

Xiān shēng, má fan zài qián miàn xiàng zi zuǒ zhuǎn.

Sien sheng, ma fan cai chien mien siang ce cuo cuan.

Masih berapa lama untuk sampai ke rumah sakit?

到醫院還很久嗎？

Dào yī yuàn hái hěn jiǔ ma?

Tau yi yuen hai hen ciu ma?

Belok kanan di depan perempatan sudah sampai kok.

前面的路口右轉就到了。

Qián miàn de lù kǒu yòu zhuǎn jiù dào le.

Chien mien te lu khou yow cuan ciu tau le.

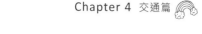

 Selamat siang, numpang tanya anda ingin kemana?
小姐妳好，請問要到哪裡？
Xiǎo jiě nǐ hǎo, qǐng wèn yào dào nǎ lǐ?
Siau cie ni hau, ching wen yau tau na li?

 Mohon antar sampai depan rumah sakit Thai Ta.
麻煩到台大醫院。
Má fán dào tái dà yī yuàn.
Ma fan tau thai ta yi yuen.

 Baik, silakan pasang sabuk pengaman.
好的，請繫好安全帶。
Hǎo de, qǐng xì hǎo ān quán dài.
Hau te, ching si hau an chien tai.

 Pak supir, sampai rumah sakit masih lama ga?
司機大哥，請問到醫院還很久嗎？
Sī jī dà gē, qǐng wèn dào yī yuàn hái hěn jiǔ ma?
Se ci ta ke, ching wen tau yi yuen hai hen ciu ma?

 Belok kanan di depan sana sudah sampai kok.
前面右轉就到了。
Qián miàn yòu zhuǎn jiù dào le.
Chien mien yow cuan ciu tau le.

 Kita sudah sampai, mau berhenti dimana?
我們到了。小姐妳要在哪裡停車？
Wǒ men dào le. Xiǎo jiě nǐ yào zài nǎ lǐ tíng chē?
Wo men tau le. Siau cie ni yau cai na li thing che?

 Berhenti disini saja.
在這裡停車就行了。
Zài zhè lǐ tíng chē jiù xíng le.
Cai ce li thing che ciu sing le.

第廿七課 搭計程車

機場

Jī chǎng

Ci chang

Di Airport

CD 28-1

WATI，妳訂回印尼的機票了嗎？

WATI, nǐ dìng huí yìn ní de jī piào le ma?

WATI, ni ting huei yin ni te ci phiau le ma?

太太，我已經訂好下禮拜到雅加達的來回機票。

Tài tài, wǒ yǐ jīng dìng hǎo xià lǐ bài dào yǎ jiā dá de lái huí jī piào.

Thai thai, wo yi cing ting hau sia li pai tau ya cia ta te lai huei ci phiau.

Wati, kamu sudah pesan tiket pulang ke Indonesia belun?

Nyonya, saya sudah pesan tiket ke Jakarta pulang pergi untuk ninggu depan.

Flight Ticket

0940

PENERBANGAN

 CD 28-2

Pesawat yang saya naik adalah pesawat *pukul 2 siang.*

我搭的是*下午兩點的班機。

Wǒ dā de shì *xià wǔ liǎng diǎn* de bān jī.

Wo ta te she *sia wu liang tien* te pan ci.

Saya ingin ke terminal satu Taoyuan Airport.

我要到桃園機場的第一航廈。

Wǒ yào dào táo yuán jī chǎng de dì yī háng xià.

Wo yau tau thau yuen ci chang te ti yi hang sia.

Penerbangan ini akan transit di Hongkong.

這個班機會到香港轉機。

Zhè ge bān jī huì dào xiāng gǎng zhuǎn jī.

Ce ke pan ci hui tau siang kang cuan ci.

Latihan

1. Pukul 8 pagi

早上八點

Zǎo shàng bā diǎn

Cau shang pa tien

2. Pukul 7 malam

晚上七點

Wǎn shàng qī diǎn

Wan shang chi tien

3. Pukul 2 tengah malam

凌晨兩點

Líng chén liǎng diǎn

Ling chen liang tien

第廿八課　機場

 **CEK-IN** CD 28-3

Mohon tunjukkan *surat identitas* anda.

麻煩出示你的*證件。

Má fán chū shì nǐ de *zhèng jiàn.*

Ma fan chu she ni te *ceng cien.*

Ini adalah boarding pass anda.

這是你的登機證。

Zhè shì nǐ de dēng jī zhèng.

Ce she ni te teng ci ceng.

Sebelum pukul 8.40 anda harus tiba di pintu keberangkatan C8.

請在8.40分前到C8登機口登機。

Qǐng zài bā diǎn sì shí fēn qián dào C8 dēng jī kǒu dēng jī.

Ching cai pa tien se she fen chien tau C8 teng ci khou teng ci.

Latihan

1. Paspor

護照

Hù zhào

Hu cau

2. ARC (Surat Identitas di Taiwan)

居留證

Jū liú zhèng

Ci liu ceng

3. Tiket pesawat

機票

Jī piào

Ci phiau

 131

CD 28-4

Yang saya pesan adalah tiket Taipei-Jakarta satu kali jalan.

我訂的是台北到雅加達的單程票★。

Wǒ dìng de shì tái běi dào yǎ jiā dá de dān chéng piào.

Wo ting te she thai pei tau ya cia ta te tan cheng phiau.

Pesawat akan tiba di Jakarta sekitar pukul 14.40 siang.

抵達雅加達約下午2.40分。

Dǐ dá yǎ jiā dá yuē xià wǔ liǎng diǎn sì shí fēn.

Ti ta ya cia ta yue sia wu liang tien se she fen.

Saya akan naik taksi ke bandara.

我會搭計程車去機場。

Wǒ huì dā jì chéng chē qù jī chǎng.

Wo hui ta ci cheng che chi ci chang.

Pesawat hari ini telat 15 menit.

今天的班機延遲15分鐘起飛。

Jīn tiān de bān jī yán chí shí wǔ fēn zhōng qǐ fēi.

Cin thien te pan ci yan che she wu fen cong chi fei.

Anda ingin duduk dekat jendela atau lorong (aisle)?

你要坐靠窗還是靠走道？

Nǐ yào zuò kào chuāng hái shì kào zǒu dào?

Ni yau cuo khau chuang hai she khau cou tau?

Nomor tempat duduk anda adalah 11F.

你的座位是11F。

Nǐ de zuò wèi shì shí yī F.

Ni te cuo wei she she yi F.

Bagasi anda kelebihan berat.

你的行李已經超重。

Nǐ de xíng lǐ yǐ jīng chāo zhòng.

Ni te sing li yi cing chau cong.

★ 單程票 (Dān chéng piào) berarti tiket sekali jalan 來回票 (Lái huí piào) berarti tiket pulang pergi.

CD 28-5

Saya mau check in.
我要登機。
Wǒ yào dēng jī.
Wo yau teng ci.

Tolong tunjukkan tiket pesawat dan paspor anda.
請出示您的機票跟護照。
Qǐng chū shì nín de jī piào gēn hù zhào.
Ching chu she ni te ci phiau ken hu cau.

Nona, apakah bagasi anda cuma satu saja?
小姐，您的行李只有這一個嗎？
Xiǎo jiě, nín de xíng lǐ zhǐ yǒu zhè yí ge ma?
Siau cie, ni te sing li ce yow ce yi ke ma?

Benar.
對。
Duì.
Tui.

Anda mau duduk dekat jendela atau dekat lorong (aisle)?
請問您要坐靠窗還是靠走道的座位？
Qǐng wèn nín yào zuò kào chuāng hái shì kào zǒu dào de zuò wèi?
Ching wen nin yaw cuo khau chuang hai she khau cou tau te cuo wei?

Saya mau duduk dekat jendela.
我要靠窗。
Wǒ yào kào chuāng.
Wo yau khau chuang.

Kartu ini adalah boarding pass anda, nomor tempat duduk adalah 30A, mohon untuk tiba di gerbang keberangkatan no C8 sebelum pukul 8.
這張是您的登機證，座位是30A，請在8.00前到C8登機口登機。
Zhè zhāng shì nín de dēng jī zhèng, zuò wèi shì sān shí A, qǐng zài bā diǎn qián dào C bā dēng jī kǒu dēng jī.
Ce cang she nin te teng ci ceng, cuo wei she san shi A, ching cai pa tien chien tau C8 teng ci khou teng ci.

Bahan Masakan 美食材料 Měi Shí Cái Liào

Sayur-sayuran

Gāo lì cài 高麗菜 Kol	Hóng luó bo 紅蘿蔔 Wortel	Yù mǐ 玉米 Jagung
Bō cài 菠菜 Bayam	Bái luó bo 白蘿蔔 Lobak	Fān qié 番茄 Tomat
Huā yé cài 花椰菜 Brokoli	Mǎ líng shǔ 馬鈴薯 Kentang	Xiāng gū 香菇 Jamur
Kōng xīn cài 空心菜 Kangkung	Xiǎo huáng guā 小黃瓜 Timun	Dòu yá 豆芽 Tauge
Dì guā yè 地瓜葉 Daun ubi	Sì jì dòu 四季豆 Kacang buncis	Jīn zhēn gū 金針菇 Jamur jarum

Bumbu Penyedap

Yán 鹽 Garam	Mǐ jiǔ 米酒 Arak
Táng 糖 Gula	Hú jiāo fěn 胡椒粉 Lada
Cù 醋 Cuka	Háo yóu 蠔油 Saus tiram
Jiàng yóu 醬油 Kecap	Shā chá jiàng 沙茶醬 Barbeque sauce

Buah-buahan

Píng guǒ 蘋果 Apel	Hā mì guā 哈密瓜 Melon	Máng guǒ 芒果 Mangga
Jú zi 橘子 Jeruk	Níng méng 檸檬 Lemon	Pú táo 葡萄 Anggur
Xī guā 西瓜 Semangka	Bā lè 芭樂 Jambu biji	Cǎo méi 草莓 Stroberi
Fèng lí 鳳梨 Nenas	Xiāng jiāo 香蕉 Pisang	Lián wù 蓮霧 Jambu air
Shuǐ lí 水梨 Pir	Qí yì guǒ 奇異果 Kiwi	

Bahan Masakan

Suàn tóu 蒜頭 Bawang putih	Jiāng 薑 Jahe
Hóng cōng tóu 紅蔥頭 Bawang merah	Yáng cōng 洋蔥 Bawang bombay
Là jiāo 辣椒 Cabe	Jiǔ céng tǎ 九層塔 Kemangi
Qīng jiāo 青椒 Paprika	Cōng 蔥 Daun bawang

Chapter 5
Lesson29~37

購物篇
Berbelanja

老闆，這個一包多少錢？
Lǎo bǎn, zhè ge yì bāo duō shǎo qián?
Lau pan, ce ke yi pau tuo shau chien?

一包100塊，買五送一。
Yì bāo yì bǎi kuài, mǎi wǔ sòng yī.
Yi pau yi pai khuai, mai wu song yi.

Laopan, satu bungkus harganya berapa?
Satu bungkus NT 100, beli 5 gratis 1.

MENANYAKAN HARGA

Ini *NT 290.*
這個*290塊。
Zhè ge liǎng bǎi jiǔ shí kuài.
Ce ke *liang pai ciu she khuai.*

Ini harganya berapa?
這個多少錢？
Zhè ge duō shǎo qián?
Ce ke *tuo shau chien?*

Saya mau beli 2.
我要買兩個。
Wǒ yào mǎi liǎng ge.
Wo yau mai liang ke.

★ 元 dan 塊 ditambahkan di belakang harga saat menanyakan harga nominal. 塊 lebih dipakai dalam percakapan sehari-hari, sedang 元 dalam percakapan formal dan surat menyurat.

Latihan

1. NT 390
390塊
Sān bǎi jiǔ shí kuài
San pai ciu she khuai

2. NT 1,000
一千塊
Yì qiān kuài Yi chien khuai

3. Harga khusus NT 780
特價780元★
Tè jià qī bǎi bā shí yuán
The cia chi pai pa she yuan

4. 3 buah NT 100
三個100
Sān ge yì bǎi
San ke yi pai

第廿九課 殺價

MENAWAR HARGA

Saat ini ada *diskon 20%.*
現在有*打八折。
Xiàn zài yǒu dǎ bā zhé.
Sien cai yow *ta pa ce.*

Bisa dihitung lebih murah?
可以算便宜一點嗎？
Kě yǐ suàn pián yí yì diǎn ma?
Khe yi suan phien yi yi tien ma?

Ada diskon?
有沒有打折？
Yǒu méi yǒu dǎ zhé?
Yow mei yow ta ce?

Latihan

1. Diskon 50%
打五折
Dǎ wǔ zhé
Ta wu ce

2. Promo
優惠
Yōu huì
Yow hui

3. Harga spesial
特價
Tè jià
The cia

4. Beli 1 gratis 1
買一送一
Mǎi yī sòng yī
Mai yi song yi

Mahal banget, boleh lebih murah ga?

太貴了，算便宜一點。

Tài guì le, suàn pián yí yì diǎn.

Thai kui le, suan phien yi tien.

Akhir-akhir ini ada promo harga spesial?

最近有特價嗎？

Zuì jìn yǒu tè jià ma?

Cui cin yow the cia ma?

Kali ini ada promo harga spesial, beli dua NT 500.

最近特價，兩件500元。

Zuì jìn tè jià, liǎng jiàn wǔ bǎi yuán.

Cui cin the cia, liang cien wu pai yuen.

Beli lebih banyak bisa lebih murah ga?

買多有沒有比較便宜？

Mǎi duō yǒu méi yǒu bǐ jiào pián yí?

Mai tuo yow mei yow pi ciau phien yi?

Saat ini jika beli dua, harga barang kedua menjadi setengah harga.

現在買兩個，第二件半價。

Xiàn zài mǎi liǎng ge, dì èr jiàn bàn jià.

Sien cai mai liang ke, ti er cien pan cia.

Promo beli 5 gratis 1.

優惠買5送1。

Yōu huì mǎi wǔ sòng yī.

Yow hui mai wu song yi.

Ini sudah murah sekali, kamu boleh banding harga di tempat lain.

這個已經很便宜了，你可以跟別家比價。

Zhè ge yǐ jīng hěn pián yí le, nǐ kě yǐ gēn bié jiā bǐ jià.

Ce ke yi cing hen phien yi le. Ni khe yi ken pie cia pi cia.

Saya pikir-pikir dulu.

我考慮一下。

Wǒ kǎo lǜ yí xià.

Wo kao li yi sia.

Laopan, ini berapa?
老闆★，這個多少錢？
Lǎo bǎn, zhè ge duō shǎo qián?
Lau pan, ce ke tuo shau chien?

Ini NT 1000.
這個1000塊。
Zhè ge yì qiān kuài.
Ce ke yi chien khuai.

Laopan, bisa lebih murah lagi ga?
老闆，可以算便宜一點嗎？
Lǎo bǎn, kě yǐ suàn pián yí yì diǎn ma?
Lau pan, khe yi suan phien yi yi tien ma?

Ini sudah murah sekali.
這已經很便宜了。
Zhè yǐ jīng hěn pián yí le.
Ce yi cing hen phien yi le.

Saya suka sekali, saya ingin beli 2, beli dua hitung kasih saya NT 1500, bisa ga?
我很喜歡，我想買兩個，算1500塊，可以嗎？
Wǒ hěn xǐ huan, wǒ xiǎng mǎi liǎng ge, suàn yì qiān wǔ bǎi kuài, kě yǐ ma?
Wo hen si huan. Wo siang mai liang ke. Suan wo yi chien wu pai khuai, khe yi ma?

Maaf, barang disini tidak bisa ditawar.
不好意思，我們的東西不能殺價。
Bù hǎo yì si, wǒ men de dōng xi bù néng shā jià.
Pu hau yi se, wo men te tong si pu neng sha cia.

Kalau begitu, saya pikir-pikir dulu. Terima kasih.
好吧，那我考慮一下，謝謝。
Hǎo ba, nà wǒ kǎo lǜ yí xià, xiè xie.
Hau pa, na wo kao li yi sia. Sie sie.

★Arti 老闆 disini adalah penjual.

第廿九課 殺價

Lesson

30

菜市場

Cài shì chǎng

Chai she chang

Di Pasar

老闆，高麗菜怎麼賣？
Lǎo bǎn, gāo lì cài zěn me mài?
Lau pan, kau li chai cen me mai?

一顆30塊。
Yì kē sān shí kuài.
Yi khe san she khuai.

Laopan, sayur kol harganya berapa?
Satu biji NT 30.

BELI SAYUR

CD 30-2

Sayur hijau harganya berapa?
*青菜怎麼賣？
Qīng cài zěn me mài?
Ching chai cen me mai?

NT 50 per 600 gram.
一斤★50塊。
Yì jīn wǔ shí kuài.
Yi cin wu she khuai.

Satu ikat NT 30.
一把★30塊。
Yì bǎ sān shí kuài.
Yi pa san she khuai.

Latihan

1. Bawang merah
紅蔥頭
Hóng cōng tóu
Hong chong thou

2. Jahe
生薑
Shēng jiāng
Sheng ciang

3. Bawang putih
蒜頭
Suàn tóu
Suan thou

4. Lobak
菜頭
Cài tóu
Chai thou

★ 一斤 (600gram) adalah kata bilangan yang sering dipakai di Taiwan untuk menyatakan berat, sedang 一把 (seikat) adalah kata bilangan untuk sayur.

第卅課 菜市場

BELI DAGING

CD 30-3

600 gram udang harganya berapa?
蝦子★一斤多少錢？
Xiā zi *yì jīn* duō shǎo qián?
Sia ce *yi cin* tuo shau chien?

Saya mau beli daging cincang NT 100.
我要買100元的絞肉。
Wǒ yào mǎi yì bǎi yuán de jiǎo ròu.
Wo yaw mai yi pai yuen te ciau row.

Berapa harga satu ekor ayam ini?
這隻雞多少錢？
Zhè zhī jī duō shǎo qián?
Ce ce ci tuo shau chien?

Latihan

1. 300 gram
半斤
Bàn jīn
Pan cin

2. 1.2 kg
兩斤
Liǎng jīn
Liang cin

Mau beli apa?

你要買什麼？

Nǐ yào mǎi shén me?

Ni yaw mai shen me?

Ada jual sayur kangkung ga?

有賣空心菜嗎？

Yǒu mài kōng xīn cài ma?

Yow mai khong sin chai ma?

Mau beli berapa banyak?

你要買多少？

Nǐ yào mǎi duō shǎo?

Ni yaw mai tuo shau?

Saya mau beli satu biji sayur kol.

我要買一顆高麗菜。

Wǒ yào mǎi yì kē gāo lì cài.

Wo yaw mai yi khe kau li chai.

Ikan ini kelihatannya sangat segar.

這條魚看起來很新鮮。

Zhè tiáo yú kàn qǐ lái hěn xīn xiān.

Che thiau yi khan chi lai hen sin sien.

Sayur ini sudah layu.

這個菜爛掉了。

Zhè ge cài làn diào le.

Ce ke chai lan tiau le.

Tolong bantu saya potong.

麻煩幫我切好。

Má fán bāng wǒ qiē hǎo.

Ma fan pang wo chie hau.

Nona, mau beli apa?
小姐，妳要買什麼？
Xiǎo jiě, nǐ yào mǎi shén me?
Siau cie, ni yaw mai shen me?

Berapa harga sayur kangkung?
請問空心菜怎麼賣？
Qǐng wèn kōng xīn cài zěn me mài?
Ching wen khong sin chai cen me mai?

Satu ikat NT10.
一把10塊。
Yì bǎ shí kuài.
Yi pa she khuai.

Saya mau beli 2 ikat. Berapa harga satu brokoli?
我要買兩把。花椰菜一顆多少錢？
Wǒ yào mǎi liǎng bǎ. Huā yé cài yì kē duō shǎo qián?
Wo yaw mai liang pa. Hua ye chai yi khe tuo shau chien?

Satu NT 30, kamu mau berapa biji?
一顆30塊，妳要幾顆？
Yì kē sān shí kuài, nǐ yào jǐ kē?
Yi khe san she khuai. Ni yaw ci khe?

Saya mau beli satu brokoli.
我要買一顆花椰菜。
Wǒ yào mǎi yì kē huā yé cài.
Wo yaw mai yi khe hua ye chai.

Masih mau yang lain?
還要別的嗎？
Hái yào bié de ma?
Hai yaw pie te ma?

Tidak ada lagi.
沒有了。
Méi yǒu le.
Mei yow le.

Lesson

31

夜市

Yè shì

Ye she

CD 31-1

Di Pasar Malam

1. Saya mau beli satu steak ayam goreng.
2. Mau pedas?
3. Saya ingin yang paling pedas.

1
我要買一個炸
雞排。
Wǒ yào mǎi yí
ge zhà jī pái.
Wo yaw mai yi ke ca
ci phai.

3
我要大辣。
Wǒ yào dà là.
Wo yaw ta la.

2
要辣嗎?
Yào là ma?
Yaw la ma?

5 Kuliner Khas Taiwan

| Zhēn zhū nǎi chá
Cen cu nai cha
珍珠奶茶
Bubble milk tea | Jī pái
Ci phai
雞排
Steak ayam | Liáng miàn
Liang mien
涼麵
Mie dingin | Chòu dòu fǔ
Chow tow fu
臭豆腐
Tahu busuk | Fèng lí sū
Fong li su
鳳梨酥
Nastar |

BELI GORENGAN

Saya mau beli *steak ayam goreng*.
我要買*炸雞排。
Wǒ yào mǎi *zhà jī pái.*
Wo yaw mai *ca ci phai.*

Saya mau yang ini dan yang itu.
我要這個跟那個。
Wǒ yào zhè ge gēn nà ge.
Wo yaw ce ke ken na ke.

Kamu mau beli berapa?
你要幾個？
Nǐ yào jǐ ge?
Ni yaw ci ke?

Latihan

1. Tempura
甜不辣
Tián bú là
Thien pu la

2. Kentang goreng
薯條
Shǔ tiáo
Shu thiau

3. Ayam goreng filet
雞塊
Jī kuài
Ci khuai

4. Bakso cumi
花枝丸
Huā zhī wán
Hua ce wan

PEDAS

Mau *pedas* ga?
要*辣嗎？
Yào *là* ma?
Yaw *la* ma?

Saya tidak mau pedas.
我不要辣。
Wǒ bú yào là.
Wo pu yaw la.

Saya mau pedas sedang.
我要中辣。
Wǒ yào zhōng là.
Wo yaw cong la.

Latihan

1. Potong
切
Qiē
Chie

2. Makan
吃
Chī
Che

3. Coba makan
試吃
Shì chī
She che

CD 31-4

 TAMBAHAN

Pasar malam sangat ramai.
夜市很熱鬧。
Yè shì hěn rè nào.
Ye she hen re nau.

Makanan ringan Taiwan enak sekali.
台灣小吃很好吃。
Tái wān xiǎo chī hěn hǎo chī.
Thai wan siau che hen hau che.

Toko ini sangat terkenal.
這間店很有名。
Zhè jiān diàn hěn yǒu míng.
Ce cien tien hen yow ming.

Mau makan sekarang atau dibungkus?
你要現吃還是裝起來？
Nǐ yào xiàn chī hái shì zhuāng qǐ lái?
Ni yaw sien che hai she cuang chi lai?

Tolong baris disini.
請在這裡排隊。
Qǐng zài zhè lǐ pái duì.
Ching cai ce li phai tui.

Tolong dibungkus terpisah.
幫我分開裝。
Bāng wǒ fēn kāi zhuāng.
Pang wo fen khai cuang.

Silahkan dicoba.
歡迎試吃。
Huān yíng shì chī.
Huan ying she che.

Mau dibawa pulang atau makan disini?
要外帶還是內用？
Yào wài dài hái shì nèi yòng?
Yaw wai tai hai she nei yong?

 CD 31-5

DIALOG

Wah, pasar malam di Taiwan ramai sekali.
哇，台灣夜市很熱鬧。
Wa, tái wān yè shì hěn rè nào.
Wa, thai wan ye she hen re nau.

Betul, terutama hari Sabtu dan Minggu.
對阿，尤其是禮拜六和禮拜天。
Duì ā, yóu qí shì lǐ bài liù hàn lǐ bài tiān.
Tui a, yow chi she li pai liu han li pai thien.

Steak ayam toko ini kelihatan enak, saya ingin beli!
這間店的雞排看起來好好吃，我想買！
Zhè jiān diàn de jī pái kàn qǐ lái hǎo hǎo chī, wǒ xiǎng mǎi!
Ce cien tien te ci phai kan chi lai hau hau che, wo siang mai!

Nona, kamu mau berapa?
小姐，妳要幾個？
Xiǎo jiě, nǐ yào jǐ ge?
Siau cie, ni yaw ci ke?

Saya mau satu.
我要一個。
Wǒ yào yí ge.
Wo yaw yi ke.

Mau pedas ga?
要辣嗎？
Yào là ma?
Yaw la ma?

Mau, saya mau yang paling pedas.
要，我要大辣。
Yào, wǒ yào dà là.
Yaw, wo yaw ta la.

Tolong baris disini.
請在這裡排隊。
Qǐng zài zhè lǐ pái duì.
Ching cai ce li phai tui.

第卅一課 夜市

Lesson
32

餐廳
Cān tīng
Chan thing

Di Restoran

CD 32-1

肚子好餓，要一起吃飯嗎？
Dù zi hǎo è, yào yì qǐ chī fàn ma?
Tu ce hau e, yaw yi chi che fan ma?

好啊，對面有一間不錯的餐廳。
Hǎo ā, duì miàn yǒu yì jiān bú cuò de cān tīng.
Hau a, tui mien yow yi cien pu chuo te chan thing.

Perutku lapar sekali, mau makan bareng ga?
Boleh, diseberang ada restoran yang enak.

MEMESAN MAKANAN

Saya mau pesan *menu paket*.
我要點*套餐。
Wǒ yào diǎn *tào cān*.
Wo yaw tien *thau chan*.

Mau pesan apa?
你要點什麼？
Nǐ yào diǎn shén me?
Ni yaw tien shen me?

Mau pesan ala carte atau paket?
要單點*還是套餐？
Yào dān diǎn hái shì tào cān?
Yaw tan tien hai she thau chan?

Latihan

1. Nasi paha ayam
雞腿便當
Jī tuǐ biàn dang
Ci thuei pien tang

2. Nasi goreng
炒飯
Chǎo fàn
Chau fan

3. Semangkuk mie kering
一碗乾麵
Yì wǎn gān miàn
Yi wan kan mien

4. Bakso ikan
魚丸湯
Yú wán tāng
Yi wan thang

★ Menu ala carte merupakan pemesanan menu single atau per porsi, misalnya nasi ayam tanpa kuah dan minuman. Lawan katanya adalah menu paket.

MEMBAYAR

Laopan, *minta bonnya*.
老闆，*買單*。
Lǎo bǎn, *mǎi dān*.
Lau pan, *mai tan*.

Kami bayar terpisah.
我們要分開付。
Wǒ men yào fēn kāi fù.
Wo men yaw fen khai fu.

Silahkan bayar di kasir.
請到櫃台結帳。
Qǐng dào guì tái jié zhàng.
Ching tau kuei thai cie cang.

Latihan

1. Hitung
結帳
Jié zhàng
Cie cang

2. Bayar
付錢
Fù qián
Fu chien

★ Dalam bahasa Mandarin, 買單、結帳、付錢 memiliki arti yang sama yakni membayar.

第卅二課 餐廳

149

Ini adalah menu kami, apakah perlu dijelaskan?

這是我們的菜單，需要幫您介紹嗎？

Zhè shì wǒ men de cài dān, xū yào bāng nín jiè shào ma?
Ce she wo men te chai tan, xi yaw pang nin cie shau ma?

Menu apa yang tidak mengandung daging babi?

請問哪一道菜不含豬肉？

Qǐng wèn nǎ yí dào cài bù hán zhū ròu?
Ching wen na yi tau chai pu han cu row?

Saya tidak makan daging babi.

我不吃豬肉。

Wǒ bù chī zhū ròu.
Wo pu che cu row.

Saya mau pesan menu yang sama dengan kamu.

我跟你點一樣的。

Wǒ gēn nǐ diǎn yí yàng de.
Wo ken ni tien yi yang te.

Apakah paket makanan sudah termasuk sup dan minuman?

請問套餐有附湯和飲料嗎？

Qǐng wèn tào cān yǒu fù tāng hàn yǐn liào ma?
Ching wen thau chan yow fu thang han yin liau ma?

Kami tidak bisa menghabiskan makanan ini, apakah boleh dibungkus?

我們吃不完，請問可以打包嗎？

Wǒ men chī bù wán, qǐng wèn kě yǐ dǎ bāo ma?
Wo men che pu wan, ching wen khe yi ta pau ma?

Totalnya berapa?

總共多少錢？

Zǒng gòng duō shǎo qián?
Cong kong tuo shau chien?

Apakah ada servis tax?

請問要收服務費嗎？

Qǐng wèn yào shōu fú wù fèi ma?
Ching wen yaw shou fu wu fei ma?

DIALOG

Halo, mau pesan apa?

您好，請問要點什麼？

Nín hǎo, qǐng wèn yào diǎn shén me?

Nin hau, ching wen yaw tien shen me?

Saya mau pesan satu piring nasi goreng udang dan satu nasi paha ayam.

我要一個蝦仁炒飯和一個雞腿便當。

Wǒ yào yí ge xiā rén chǎo fàn hàn yí ge jī tuǐ biàn dang.

Wo yaw yi ke sia ren chau fan han yi ke ci thuei pien tang.

Mau pesan ala carte atau menu paket?

請問要單點還是套餐？

Qǐng wèn yào dān diǎn hái shì tào cān?

Ching wen yaw tan tien hai she thau chan?

Saya mau pesan paket.

我要一份套餐。

Wǒ yào yí fèn tào cān.

Wo yaw yi fen thaw chan.

(吃飽後..Chī bǎo hòu..) (Setelah makan…)

Maaf, apakah ini boleh dibungkus?

不好意思，這個可以打包嗎？

Bù hǎo yì si, zhè ge kě yǐ dǎ bāo ma?

Pu hau yi se, ce ke khe yi ta pau ma?

Boleh, tidak masalah.

好的，沒問題。

Hǎo de, méi wèn tí.

Hau te, mei wen thi.

Saya mau bayar.

我要買單。

Wǒ yào mǎi dān.

Wo yaw mai tan.

Silahkan bayar di kasir.

麻煩到櫃台結帳。

Má fán dào guì tái jié zhàng.

Ma fan tau kuei thai cie cang.

Lesson 33

飲料店
Yǐn liào diàn
Yin liau tien

Toko Minuman

CD 33-1

歡迎光臨，請問要點什麼？
Huān yíng guāng lín, qǐng wèn yào diǎn shén me?
Huan ying kuang lin, ching wen yaw tien shen me?

我要一杯珍珠奶茶。
Wǒ yào yì bēi zhēn zhū nǎi chá.
Wo yaw yi pei cen cu nai cha.

Selamat datang, mau pesan apa?
Saya mau pesan segelas bubble milk tea.

珍珠奶茶 特價 20 元

PESAN MINUMAN

Saya mau pesan segelas *bubble milk tea.*

我要一杯*珍珠奶茶。

Wǒ yào yì bēi zhēn zhū nǎi chá.

Wo yaw yi pei *cen cu nai cha.*

Mau minum apa?

要喝什麼？

Yào hē shén me?

Yaw he shen me?

Mau yang medium atau yang besar?

要中杯還是大杯？

Yào zhōng bēi hái shì dà bēi?

Yaw cong pei hai she ta pei?

Latihan

1. Es teh

冰紅茶

Bīng hóng chá

Ping hong cha

2. Teh hijau panas

熱綠茶

Rè lǜ chá

Re li cha

3. Kopi

咖啡

Kā fēi

Kha fei

TINGKAT KEMANISAN MINUMAN

Saya mau gulanya *setengah dari yang biasa.*

我要*半糖。

Wǒ yào bàn táng.

Wo yaw *pan thang.*

Tingkat kemanisan minumannya mau berapa?

飲料的甜度要多少？

Yǐn liào de tián dù yào duō shǎo?

Yin liau te thien tu yaw tuo shau?

Saya tidak mau tambah gula.

我不要加糖。

Wǒ bú yào jiā táng.

Wo pu yaw cia thang.

Latihan

1. Manis biasa

正常甜

Zhèng cháng tián

Ceng chang thien

2. 3/4 gula

少糖

Shǎo táng

Shau thang

3. 1/3 gula

微糖

Wéi táng

Wei thang

4. Tanpa gula

無糖

Wú táng

Wu thang

第卅三課 飲料店

Mau pesan minuman apa?

要點什麼飲料？

Yào diǎn shén me yǐn liào?

Yaw tien shen me yin liau?

Ada jual milk tea panas ga?

有賣熱奶茶嗎？

Yǒu mài rè nǎi chá ma?

Yow mai re nai cha ma?

Mau plastik ga?

要袋子嗎？

Yào dài zi ma?

Yaw tai ce ma?

Minumannya mau dibungkus bersama atau terpisah?

請問要裝一起還是分開裝？

Qǐng wèn yào zhuāng yì qǐ hái shì fēn kāi zhuāng?

Ching wen yaw cuang yi chi hai she fen khai cuang?

Coklat hanya ada yang panas.

可可只有熱的。

Kě kě zhǐ yǒu rè de.

Khe khe ce yow re te.

Esnya? Mau seperti biasa, sedikit saja atau tidak mau sama sekali?

冰塊呢？正常冰、少冰還是去冰？

Bīng kuài ne? Zhèng cháng bīng, shǎo bīng hái shì qù bīng?

Ping khuai ne? Ceng chang ping, shau ping hai she chi ping?

Saya tidak mau ada esnya.

我要去冰。

Wǒ yào qù bīng.

Wo yaw chi ping.

Beli 10 gelas gratis 1 gelas.

買10杯送1杯。

Mǎi shí bēi sòng yì bēi.

Mai she pei song yi pei.

Selamat datang, mau pesan minuman apa?

歡迎光臨，請問要點什麼飲料？

Huān yíng guāng lín, qǐng wèn yào diǎn shén me yǐn liào?

Huan ying kuang lin, ching wen yaw tien shen me yin liau?

Saya mau pesan 2 gelas teh hijau panas.

我要兩杯熱綠茶。

Wǒ yào liǎng bēi rè lǜ chá.

Wo yaw liang pei re li cha.

Kita tidak jual yang panas, tidak ditambah es boleh ga?

我們沒有賣熱的，去冰可以嗎？

Wǒ men méi yǒu mài rè de, qù bīng kě yǐ ma?

Wo men mei yow mai re te, chi ping khe yi ma?

Boleh.

可以。

Kě yǐ.

Khe yi.

Mau gelas medium atau yang besar?

要中杯還是大杯？

Yào zhōng bēi hái shì dà bēi?

Yaw cong pei hai she ta pei?

Saya mau yang medium.

我要中杯的。

Wǒ yào zhōng bēi de.

Wo yaw cong pei te.

Tingkat kemanisannya?

甜度呢？

Tián dù ne?

Thien tu ne?

Yang satu biasa, yang satu lagi gulanya 3/4.

一杯是正常甜，一杯是少糖。

Yì bēi shì zhèng cháng tián, yì bēi shì shǎo táng.

Yi pei she ceng chang thien, yi pei she shau thang.

 155

Lesson

34

便利商店
Biàn lì shāng diàn
Pien li shang tien

Toko Serba Ada

CD 34-1

請問礦泉水放在哪裡？

Qǐng wèn kuàng quán shuǐ fàng zài nǎ lǐ ?
Ching wen khuang chuen shui fang cai na li?

在中間的冰箱。

Zài zhōng jiān de bīng xiāng.
Cai cong cien te ping siang.

Air mineral terletak dimana?
Di kulkas tengah.

LETAK BARANG

Gula terletak dimana?
*糖放在哪裡？
Táng fàng zài nǎ lǐ?
Thang fang cai na li?

Di baris kedua bagian belakang.
在後面第二排。
Zài hòu miàn dì èr pái.
Cai hou mien ti er phai.

Saya tidak menemukan coklat.
我找不到巧克力。
Wǒ zhǎo bú dào qiǎo kè lì.
Wo cau pu tau chiau khe li.

Latihan

1. Jus
果汁
Guǒ zhī
Kuo ce

2. Biskuit
餅乾
Bǐng gān
Ping kan

3. Mie Instan
泡麵
Pào miàn
Phau mien

第卅四課 便利商店

MEMANASKAN MAKANAN

Minuman ini boleh dipanaskan tidak?
*這杯飲料*可以加熱嗎？
Zhè bēi yǐn liào kě yǐ jiā rè ma?
Ce pei yin liau khe yi cia re ma?

Apakah perlu dipanaskan?
需要微波嗎？
Xū yào wéi bō ma?
Si yaw wei po ma?

Saya mau panasin (minuman/makanan).
我要加熱。
Wǒ yào jiā rè.
Wo yaw cia re.

Latihan

1. Nasi kotak
便當
Biàn dāng
Pien tang

2. Susu
牛奶
Niú nǎi
Niu nai

3. Kopi
咖啡
Kā fēi
Kha fei

Air mineral terletak dimana?

礦泉水在哪裡？

Kuàng quán shuǐ zài nǎ lǐ ?

Khuang chien shui cai na li?

Lagi cari apa?

你在找什麼？

Nǐ zài zhǎo shén me?

Ni cai cau shen me?

Ada jual kartu telepon ga?

有賣電話卡嗎？

Yǒu mài diàn huà kǎ ma?

Yow mai tien hua kha ma?

Totalnya NT 454.

總共是454元。

Zǒng gòng shì sì bǎi wǔ shí sì yuán.

Cong kong she se pai wu she se yuen.

Saya terima uang anda NT 500.

收您500元。

Shōu nín wǔ bǎi yuán.

Show nin wu pai yuan.

Uang kembaliannya NT 46.

找您46元。

Zhǎo nín sì shí liù yuán.

Cau nin se she liu yuan.

Saya mau bayar dengan kartu Easy Card.

我要用悠遊卡付錢。

Wǒ yào yòng yōu yóu kǎ fù qián.

Wo yaw yong yow yow kha fu chien.

Terima kasih atas kedatangan anda.

謝謝光臨。

Xiè xie guāng lín.

Sie sie kuang lin.

DIALOG

Selamat datang.
歡迎光臨。
Huān yíng guāng lín.
Huan ying kuang lin.

Numpang tanya, coca-cola terletak dimana?
請問可樂在哪裡？
Qǐng wèn kě lè zài nǎ lǐ?
Ching wen khe le cai na li?

Ada di kulkas paling kiri.
在最左邊的冰箱。
Zài zuì zuǒ biān de bīng xiāng.
Cai cui cuo pien te ping siang.

Saya mau beli kantong plastik.
我要買購物袋。
Wǒ yào mǎi gòu wù dài.
Wo yaw mai kou wu tai.

Totalnya NT 88.
總共是88元。
Zǒng gòng shì bā shí bā yuán.
Cong kong she pa she pa yuan.

Saya terima uang anda NT 100, kembaliannya NT 12.
收您100元，找您12元。
Shōu nín yì bǎi yuán, zhǎo nín shí èr yuán.
Show nin yi pai yuan, cau nin she er yuan.

Terima kasih atas kedatangan anda.
謝謝光臨。
Xiè xie guāng lín.
Sie sie kuang lin.

第卅四課　便利商店

Lesson

35

服飾店

Fú shì diàn

Fu she tien

Toko Pakaian

這件牛仔褲可以試穿嗎？

Zhè jiàn niú zǎi kù kě yǐ shì chuān ma?

Ce cien niu cai khu khe yi she chuan ma?

當然可以。更衣室在那裡。

Dāng rán kě yǐ. Gēng yī shì zài nà lǐ.

Tang ran khe yi. Keng yi she cai na li.

Apakah saya boleh mencoba celana jins ini?

Tentu saja boleh. Kamar pas ada disana.

CD 35-2

Saya sedang mencari *jaket.*
我在找*外套。
Wǒ zài zhǎo *wài tào.*
Wo cai cau *wai thau.*

Mau cari apa?
請問要找什麼？
Qǐng wèn yào zhǎo shén me?
Ching wen yaw cau she me?

Saya cuma melihat-lihat.
我只是隨便看看。
Wǒ zhǐ shì suí biàn kàn kàn.
Wo ce she suei pien khan khan.

 Latihan

1. Celana
褲子
Kù zi
Khu ce

2. Rok
裙子
Qún zi
Chin ce

3. Baju
衣服
Yī fú
Yi fu

4. Terusan
洋裝
Yáng zhuāng
Yang cuang

 CD 35-3

UKURAN BAJU

Baju ini *terlalu besar.*
這件衣服*太大了。
Zhè jiàn yī fú *tài dà le.*
Ce cien yi fu *thai ta le.*

Ada ukuran lebih kecil tidak?
有小一點的尺寸嗎？
Yǒu xiǎo yì diǎn de chǐ cùn ma?
Yow siau yi tien te che chun ma?

Baju ini pas.
這件衣服剛好。
Zhè jiàn yī fú gāng hǎo.
Ce cien yi fu kang hau.

★ 怎麼樣 sering dipakai untuk menanyakan pendapat orang lain mengenai baju yang dipakai cocok atau tidak.

Latihan

1. Cantik sekali
很漂亮
Hěn piào liang
Hen phiau liang

2. Cocok buat kamu
很適合你
Hěn shì hé nǐ
Hen she he ni.

3. Bagaimana?
怎麼樣★？
Zěn me yàng?
Cen me yang?

Baju ini ada warna apa saja?
這件衣服還有什麼顏色？
Zhè jiàn yī fú hái yǒu shén me yán sè?
Ce cien yi fu hai yow shen me yen se?

Saya boleh coba ga?
我可以試穿嗎？
Wǒ kě yǐ shì chuān ma?
Wo khe yi she chuan ma?

Baju ini lagi ada promo.
這件衣服特價中。
Zhè jiàn yī fú tè jià zhōng.
Ce cien yi fu the cia cong.

Ada yang baru?
有新的嗎？
Yǒu xīn de ma?
Yow sin te ma?

Apakah kamu ingin beli baju ini?
你要這一件嗎？
Nǐ yào zhè yí jiàn ma?
Ni yaw ce yi cien ma?

Baju ini cocok dipadu dengan celana ini.
這件衣服跟這條褲子很速配。
Zhè jiàn yī fú gēn zhè tiáo kù zi hěn sù pèi.
Ce cien yi fu ken ce thiau khu ce hen su phei.

Baju ini harus dicuci dengan tangan.
這件衣服要手洗。
Zhè jiàn yī fú yào shǒu xǐ.
Ce cien yi fu yaw shou si.

CD 35-5

DIALOG

Mau cari apa?
請問要找什麼？
Qǐng wèn yào zhǎo shén me?
Ching wen yaw cau shen me?

Saya lagi mencari celana panjang.
我要找長褲。
Wǒ yào zhǎo cháng kù.
Wo yaw cau chang khu.

Celana ini bagaimana?
這件怎麼樣？
Zhè jiàn zěn me yàng?
Ce cien cen me yang?

Bagus, apakah saya boleh coba?
還不錯，請問可以試穿嗎？
Hái bú cuò, qǐng wèn kě yǐ shì chuān ma?
Hai pu chuo. Ching wen khe yi she chuan ma?

Tentu saja boleh. Kamar pas ada disana.
當然可以啊，更衣間在那裡。
Dāng rán kě yǐ ā, gēng yī jiān zài nà lǐ.
Tang ran khe yi a, keng yi cien cai na li.

Baju ini agak besar, ada ukuran yang lebih kecil?
這條有點大，有小一號的嗎？
Zhè tiáo yǒu diǎn dà, yǒu xiǎo yí hào de ma?
Ce thiau yow tien ta. Yow siau yi hau te ma?

Ada. Ukuran celana ini pas, dan cocok sekali dipakai oleh anda.
有。小姐妳看這條剛好，很適合妳。
Yǒu. Xiǎo jiě nǐ kàn zhè tiáo gāng hǎo, hěn shì hé nǐ.
Yow. Siau cie ni khan ce thiau kang hau. Hen she he ni.

Kalau begitu, saya beli yang ini.
謝謝，那我就買這一條吧。
Xiè xie, nà wǒ jiù mǎi zhè yì tiáo ba.
Sie-sie, na wo yaw mai ce yi thiau pa.

第卅五課
服飾店

Lesson

36

鞋店
Xié diàn
Sie tien

CD 36-1

Toko Sepatu

這雙鞋很好看欸，我可以試穿嗎？
Zhè shuāng xié hěn hǎo kàn ei, wǒ kě yǐ shì chuān ma?
Ce shuang sie hen hau khan ei, wo khe yi she chuan ma?

可以。
Kě yǐ.
Khe yi.

Sepatu ini bagus sekali, Bolehkah saya coba?
Boleh.

Saya ingin membeli sepasang *sepatu*.
我想去買一雙*鞋子。
Wǒ xiǎng qù mǎi yì shuāng *xié zi.*
Wo siang chi mai yi shuang *sie ce.*

Ada jual sepatu laki-laki ga?
你們有賣男鞋嗎？
Nǐ men yǒu mài nán xié ma?
Ni men yow mai nan sie ma?

Ini adalah model terbaru.
這是最新的款式。
Zhè shì zuì xīn de kuǎn shì.
Ce she cui sin te khuan se.

Latihan

1. Sandal
拖鞋
Tuō xié
Thuo sie

2. Sepatu olahraga
運動鞋
Yùn dòng xié
Yun tong sie

3. Sepatu hak tinggi
高跟鞋
Gāo gēn xié
Kao ken sie

第卅六課 鞋店

Saya biasanya pakai sepatu ukuran *38*.
我平常穿*38號。
Wǒ píng cháng chuān *sān shí bā* hào.
Wo phing chang chuan *san she pa* hau.

Kamu pakai ukuran berapa?
你穿幾號？
Nǐ chuān jǐ hào?
Ni chuan ci hau?

Apakah masih ada sepatu warna hitam ukuran 39?
39號的鞋還有黑色的嗎？
Sān shí jiǔ hào de xié hái yǒu hēi sè de ma?
San she ciu hau te sie hai yow hei se te ma?

Latihan

1. Ukuran 37
37
Sān shí qī
San she chi

2. Ukuran 40
40
Sì shí
Se she

3. Ukuran 44
44
Sì shí sì
Se she se

Saya mau mencoba sepatu warna hitam ukuran 39.

我要試穿黑色39號的鞋子。

Wǒ yào shì chuān hēi sè sān shí jiǔ hào de xié zi.

Wo yaw she chuan hei se san she ciu hau te sie ce.

Warna hitam sudah habis.

黑色的已經缺貨了。

Hēi sè de yǐ jīng quē huò le.

Hei se te yi cing chue huo le.

Warna coklat masih ada stok.

咖啡色的還有貨。

Kā fēi sè de hái yǒu huò.

Kha fei se te hai yow huo.

Ada ukuran yang lebih besar ga?

有大一號的嗎?

Yǒu dà yí hào de ma?

Yow ta yi hau te ma?

Kamu boleh coba berjalan dengan sepatu ini.

你可以試走看看。

Nǐ kě yǐ shì zǒu kàn kàn.

Ni khe yi she cou khan khan.

Sepatu ini terlalu tinggi.

這雙鞋太高了。

Zhè shuāng xié tài gāo le.

Ce shuang sie thai kau le.

Sepatu ini terbuat dari kulit asli dan sangat nyaman dipakai.

這雙鞋是真皮的,穿起來很舒服。

Zhè shuāng xié shì zhēn pí de, chuān qǐ lái hěn shū fú.

Ce shuang sie she cen phi te, chuan chi lai hen shu fu.

Sepatu ini terlalu sempit.

這雙鞋太緊了。

Zhè shuāng xié tài jǐn le.

Che shuang sie thai cin le.

DIALOG

Sepatu ini masih ada ukuran ga?

這雙鞋有別的尺寸嗎？

Zhè shuāng xié yǒu bié de chǐ cùn ma?

Ce shuang sie yow pie te che chun ma?

Biasanya anda pakai ukuran berapa?

請問妳平常穿幾號？

Qǐng wèn nǐ píng cháng chuān jǐ hào?

Ching wen ni phing chang chuan ci hau?

Saya pakai ukuran 37.

我穿37號。

Wǒ chuān sān shí qī hào.

Wo chuan san she chi hau.

Ya. Coba pakai dulu yang ini.

好的，妳穿穿看這雙。

Hǎo de, nǐ chuān chuān kàn zhè shuāng.

Hau te. Ni chuan chuan khan ce shuang.

Agak sempit. Ada ukuran yang lebih besar ga?

有點緊，有大一號的嗎？

Yǒu diǎn jǐn, yǒu dà yí hào de ma?

Yow tien cin, yow ta yi hau te ma?

Ada.

有。

Yǒu.

Yow.

Saya suka yang ini. Harganya berapa?

我喜歡這一雙。請問多少錢？

Wǒ xǐ huan zhè yì shuāng. Qǐng wèn duō shǎo qián?

Wo si huan ce yi shuang. Ching wen tuo shau chien?

Harga promo NT 290.

現在特價290元。

Xiàn zài tè jià liǎng bǎi jiǔ shí yuán.

Sien cai the cia liang pai ciu she yuan.

第卅六課　鞋店

 167

Lesson 37

藥妝店
Yào zhuāng diàn
Yaw cuang tien

Toko Obat

CD 37-1

我的沐浴乳用完了。
Wǒ de mù yù rǔ yòng wán le.
Wo te mu yi ru yong wan le.

妳可以到對面的藥妝店買。
Nǐ kě yǐ dào duì miàn de yào zhuāng diàn mǎi.
Ni khe yi tau tui mien te yaw cuang tien mai.

Sabun cair saya sudah habis.
Kamu bisa beli di toko obat yang terletak di seberang.

Po
Pon

★ 藥妝店 jika diterjemahkan secara langsung berarti toko yang menjual obat-obatan, namun sekarang perkembangannya mencakup produk kecantikan dan kebersihan, toko obat yang sering anda temukan di Taiwan misalnya : Watson, Cosmed, dsb. Untuk toko yang khusus menjual obat-obatan dinamakan 藥局 (Yào jú) artinya apotik.

PRODUK UNTUK TUBUH

Sabun cair saya sudah habis.
我的*沐浴乳用完了。
Wǒ de *mù yù rǔ* yòng wán le.
Wo te *mu yi ru* yong wan le.

Beli botol yang ini, bagaimana menurut kamu?
買這一瓶怎麼樣？
Mǎi zhè yì píng zěn me yàng?
Mai ce yi phing cen me yang?

Baunya wangi.
味道很香。
Wèi dào hěn xiāng.
Wei tau hen siang.

Latihan

1. Pembalut kewanitaan
衛生棉
Wèi shēng mián
Wei sheng mien

2. Conditioner rambut
潤髮乳
Rùn fǎ rǔ Run fa ru

3. Shampo
洗髮精
Xǐ fǎ jīng Si fa cing

PRODUK KECANTIKAN

Saya mau beli *toner wajah*.
我要買*化妝水。
Wǒ yào mǎi *huà zhuāng shuǐ*.
Wo yaw mai *hua cuang shuei*.

Kamu boleh coba pakai merek ini.
妳可以試試這個牌子。
Nǐ kě yǐ shì shì zhè ge pái zi.
Ni khe yi she she ce ke phai ce.

Bedak padat ini cocok untuk kulit berminyak.
這個粉餅適合油性肌膚。
Zhè ge fěn bǐng shì hé yóu xìng jī fū.
Ce ke fen ping she he yow sing ci fu.

Latihan

1. Lipstik
口紅
Kǒu hóng
Khou hong

2. Pelembab
面霜
Miàn shuāng
Mien shuang

3. Alas bedak
粉底
Fěn dǐ
Fen ti

第卅七課 藥妝店

Apakah ada promosi akhir-akhir ini?

最近有做促銷嗎？

Zuì jìn yǒu zuò cù xiāo ma?

Cui cin yow cuo chu siau ma?

Produk perawatan manakah yang lebih cocok untuk wajah saya?

哪一個保養品比較適合我的皮膚？

Nǎ yí ge bǎo yǎng pǐn bǐ jiào shì hé wǒ de pí fū?

Na yi ke pau yang phin pi ciau she he wo te phi fu?

Saya mau beli bungkusan isi ulang.

我要買補充包。

Wǒ yào mǎi bǔ chōng bāo.

Wo yaw mai pu chong pau.

Apakah dijual sabun cair merek ini?

有賣這個牌子的沐浴乳嗎？

Yǒu mài zhè ge pái zi de mù yù rǔ ma?

Yow mai ce ke phai ce te mu yi ru ma?

Saya mau membeli toner yang cocok untuk kulit kering.

我要買適合乾性皮膚的化妝水。

Wǒ yào mǎi shì hé gān xìng pí fū de huà zhuāng shuǐ.

Wo yaw mai she he kan sing phi fu te hua cuang shui.

Belakangan ini ada promosi shampo beli satu gratis satu.

最近洗髮精有買1送1。

Zuì jìn xǐ fǎ jīng yǒu mǎi yī sòng yī.

Cui cin si fa cing mai yi song yi.

Beli dua bungkus lebih irit.

你買兩包比較划算。

Nǐ mǎi liǎng bāo bǐ jiào huá suàn.

Ni mai liang pau pi ciau hua suan.

Banyak sekali jenis shampo, mau beli yang mana yang lebih bagus?

洗髮精的牌子好多，要買哪一個好呢？

Xǐ fǎ jīng de pái zi hǎo duō, yào mǎi nǎ yí ge hǎo ne?

Si fa cing te phai ce hau tuo, yaw mai na yi ke hau ne?

Saya mau membeli pembalut, merek apa yang bagus?
我要買衛生棉，要買哪一個牌子好呢？
Wǒ yào mǎi wèi shēng mián, yào mǎi nǎ yí ge pái zi hǎo ne?
Wo yaw mai wei sheng mien, yaw mai na yi ke phai ce haw ne?

Kamu mau beli yang biasa atau untuk malam hari?
妳要買日用的，還是夜用的？
Nǐ yào mǎi rì yòng de, hái shì yè yòng de?
Ni yaw mai re yong te, hai she ye yong te?

Saya mau beli yang untuk dipakai malam hari.
我要買夜用的。
Wǒ yào mǎi yè yòng de.
Wo yaw mai ye yong te.

Saya sarankan anda membeli merek ini. Ini sangat nyaman dipakai.
我建議妳買這個牌子，用起來很舒服。
Wǒ jiàn yì nǐ mǎi zhè ge pái zi, yòng qǐ lái hěn shū fú.
Wo cien yi ni mai ce ke phai ce, yong chi lai hen shu fu.

Oh ya?
是嗎？
Shì ma?
She ma?

Ditambah lagi akhir-akhir ini ada promo beli satu gratis satu, irit banget loh!
而且最近買1送1，很划算哦！
Er qiě zuì jìn mǎi yī sòng yī, hěn huá suàn ō!
Er chie cui cin mai yi song yi, hen hua suan o!

第卅七課 藥妝店

Gejala Penyakit 常見疾病 Cháng Jiàn Jí Bìng

Fā shāo	Dù zi tòng	Hóu lóng tòng	Ké sòu
發燒	肚子痛	喉嚨痛	咳嗽
Demam	Sakit perut	Sakit tenggorokan	Batuk

Zhì chuāng	Fā yán	Guò mǐn	Tóu yūn
痔瘡	發炎	過敏	頭暈
Wasir	Infeksi	Alergi	Pusing

Tóu tòng	Yá chǐ tòng	Wèi tòng	Qì chuǎn
頭痛	牙齒痛	胃痛	氣喘
Sakit kepala	Sakit gigi	Sakit lambung	Asma

Shēng lǐ tòng	Kǒu shé yán	Chōu jīn	Pín xiě
生理痛	口舌炎	抽筋	貧血
Menstruasi	Sariawan	Kram	Kurang darah

Tān huàn	Zhòng fēng	Lā dù zi	Ǒu tù
癱瘓	中風	拉肚子	嘔吐
Lumpuh	Stroke	Diare/Mencret	Muntah

 Nama Bencana Alam 常見災難 Cháng Jiàn Zāi Nàn

Yān shuǐ	Tǔ shí liú	Tái fēng	Dì zhèn
淹水	土石流	颱風	地震
Banjir	Tanah longsor	Angin topan	Gempa bumi

Huǒ shān bào fā	Hàn zāi	Huǒ zāi	Hǎi xiào
火山爆發	旱災	火災	海嘯
Letusan gunung berapi	Kekeringan	Kebakaran	Tsunami

Chapter 6
Lesson37~42

緊急事故篇
Keadaan Darurat

Lesson

38

生病
Shēng bìng
Sheng ping

Sakit

CD 38-1

妳哪裡不舒服？
Nǐ nǎ lǐ bù shū fú?
Ni na li pu shu fu?

我拉肚子。
Wǒ lā dù zi.
Wo la tu ce.

Mana yang sakit?
Saya mencret.

Kepalaku sakit.
我*頭痛。
Wǒ tóu tòng.
Wo thou thong.

Mana yang sakit?
你哪裡不舒服？
Nǐ nǎ lǐ bù shū fú?
Ni na li pu shu fu?

Kamu demam.
你發燒了。
Nǐ fā shāo le.
Ni fa shao le.

Latihan

1. **Sakit Perut**
肚子痛
Dù zi tòng
Tu ce thong

2. **Sakit Gigi**
牙齒痛
Yá chǐ tòng
Ya che thong

3. **Sakit tenggorokan**
喉嚨痛
Hóu lóng tòng How long thong

4. **Menstruasi**
生理痛
Shēng lǐ tòng Sheng li thong

Saya antar kamu pergi berobat ke dokter.
我帶妳去*看醫生。
Wǒ dài nǐ qù kàn yī shēng.
Wo tai ni chi khan yi sheng.

Apakah kamu sudah ke dokter?
你有去看醫生了嗎？
Nǐ yǒu qù kàn yī shēng le ma?
Ni yow chi khan yi sheng le ma?

Maukah kamu pergi ke dokter?
要去看醫生嗎？
Yào qù kàn yī shēng ma?
Yao chi khan yi sheng ma?

Latihan

1. **Ke klinik**
診所
Zhěn suǒ Cen suo

2. **Ke dokter pengobatan China**
中醫
Zhōng yī Cong yi

3. **Ke apotik beli obat**
藥局買藥
Yào jú mǎi yào
Yao ci mai yaw

第卅八課 生病

175

Lesson 38 Sakit

Saya sakit.

我生病了。

Wǒ shēng bìng le.

Wo sheng ping le.

Muka kamu kelihatan pucat.

你的臉色好蒼白。

Nǐ de liǎn sè hǎo cāng bái.

Ni te lien se hau chang pai.

Kamu kelihatannya cape sekali.

你看起來很累。

Nǐ kàn qǐ lái hěn lèi.

Ni khan chi lai hen lei.

Saya tidak enak badan.

我身體不舒服。

Wǒ shēn tǐ bù shū fú.

Wo shen thi pu shu fu.

Kamu harus banyak istirahat.

你要多休息。

Nǐ yào duō xiū xí.

Ni yaw tuo siu si.

Kamu sebaiknya cepat pergi berobat ke dokter.

你最好趕快去看醫生。

Nǐ zuì hǎo gǎn kuài qù kàn yī shēng.

Ni cui hau kan khuai chi khan yi sheng.

Apakah kamu sudah minum obat?

你有吃藥嗎？

Nǐ yǒu chī yào ma?

Ni yow che yaw ma?

Saya doakan cepat sembuh.

祝你早日康復。

Zhù nǐ zǎo rì kāng fù.

Cu ni cau re khang fu.

Kamu kenapa? Wajah kamu sangat pucat.
妳怎麼了？妳的臉色好蒼白。
Nǐ zěn me le? Nǐ de liǎn sè hǎo cāng bái.
Ni cen me le? Ni te lien se haw chang pai.

Saya datang bulan.
我生理痛。
Wǒ shēng lǐ tòng.
Wo sheng li thong.

Mau ke dokter ga?
要去看醫生嗎？
Yào qù kàn yīs hēng ma?
Yao chi khan yi sheng ma?

Tidak perlu. Tadi saya baru minum obat.
不用，我剛剛有吃藥了。
Bú yòng, wǒ gāng gāng yǒu chī yào le.
Pu yong, wo kang kang che yaw le.

Kamu pergi ke kamar istirahat dulu. Jika belum membaik, saya akan mengantarmu ke dokter..
妳先回房間休息吧。如果還沒有好，我再帶妳去看醫生。
Nǐ xiān huí fáng jiān xiū xí ba. Rú guǒ hái méi yǒu hǎo, wǒ zài dài nǐ qù kàn yī shēng.
Ni sien huei fang cien siu si pa. Ru kuo hai mei yow hau, wo cai tai ni chi khan yi sheng.

第卅八課
生病

177

Lesson

39

看醫生

Kàn yī shēng

KhanYi Sheng

Berobat Ke Dokter

CD 39-1

我要掛號。

Wǒ yào guà hào.

Wo yaw kua hau.

請出示健保卡。

Qǐng chū shì jiàn bǎo kǎ.

Ching chu she cien pau kha.

Saya mau daftar berobat.
Mohon tunjukkan kartu kesehatan.

Saya mau *daftar berobat*.

我要*掛號★。

Wǒ yào *guà hào*.

Wo yaw *kua hau*.

Apakah ini pertama kalinya kamu datang?

你第一次來嗎？

Nǐ dì yī cì lái ma?

Ni ti yi che lai ma?

Mohon diisi formulir riwayat medis ini.

請先填這張病歷表。

Qǐng xiān tián zhè zhāng bìng lì biǎo.

Ching sien thien ce cang ping li piau.

★ 掛號 = kata khusus yang digunakan saat berobat yang berarti mendaftarkan diri untuk berobat.

Latihan

1. Daftar UGD

掛急診

Guà jí zhěn Kua ci cen

2. Melakukan pemeriksaan kesehatan

做健康檢查

Zuò jiàn kāng jiǎn chá

Cuo cien khang cien cha

3. Mengambil obat

領藥

Lǐng yào Ling yaw

第卅九課 看醫生

Saya bantu kamu *ukur suhu badan*.

我幫你*量體溫。

Wǒ bāng nǐ *liáng tǐ wēn*.

Wo pang ni *liang thi wen*.

Bagian mana yang sakit?

你哪裡痛？

Nǐ nǎ lǐ tòng?

Ni na li thong?

Kamu ada gejala apa?

你有什麼症狀？

Nǐ yǒu shén me zhèng zhuàng?

Ni yow shen me cen cuang?

Latihan

1. Suntik

打針

Dǎ zhēn

Ta cen

2. Ukur tekanan darah

量血壓

Liáng xiě yā

Liang sie ya

3. Tes darah

驗血

Yàn xiě

Yen sie

4. Rontgen/Sinar X

照X光

Zhào X guāng

Cau X kuang

Saya tidak enak badan, sepertinya deman.

我全身不舒服，好像發燒了。

Wǒ quán shēn bù shū fú, hǎo xiàng fā shāo le.

Wo chuen shen pu shu fu, haw siang fa shau le.

Suhu badan kamu tinggi sekali.

你的體溫很高。

Nǐ de tǐ wēn hěn gāo.

Ni te thi wen hen kau.

Coba mulutnya dibuka.

嘴巴張開。

Zuǐ ba zhāng kāi.

Cui pa cang khai.

Dokter, saya kena penyakit apa?

醫生，我得了什麼病？

Yī shēng, wǒ dé le shén me bìng?

Yi sheng, wo te le shen me ping?

Tidak ada yang parah, hanya demam biasa.

沒什麼大礙，只是普通感冒。

Méi shén me dà ài, zhǐ shì pǔ tōng gǎn mào.

Mei shen me ta ai, ce she phu thong kan mau.

Apakah kamu alergi terhadap obat-obatan?

你會對藥物過敏嗎？

Nǐ huì duì yào wù guò mǐn ma?

Ni hui tui yaw wu kuo min ma?

Saya berikan resep obat untuk 3 hari.

我幫你開3天的藥。

Wǒ bāng nǐ kāi sān tiān de yào.

Wo pang ni khai san thien te yaw.

Kamu sudah boleh ke lantai dua untuk mengambil obat.

請到2樓藥局領藥。

Qǐng dào èr lóu yào jú lǐng yào.

Ching tau er low yaw ci ling yaw.

Bagian mana yang sakit?
妳哪裡不舒服？
Nǐ nǎ lǐ bù shū fú?
Ni na li pu shu fu?

Saya batuk, pilek dan sakit tenggorokan.
我咳嗽、流鼻水還有喉嚨痛。
Wǒ ké soù, liú bí shuǐ hái yǒu hóu lóng tòng.
Wo khe sow, liu pi shui hai yow how long thong.

Sudah berapa lama?
這樣多久了？
Zhè yàng duō jiǔ le?
Ce yang tuo ciu le?

Sudah dua hari.
已經2天了。
Yǐ jīng liǎng tiān le.
Yi cing liang thien le.

Buka mulutnya, tenggorokan kamu ada sedikit infeksi.
嘴巴張開，妳的喉嚨有點發炎。
Zuǐ ba zhāng kāi, nǐ de hóu lóng yǒu diǎn fā yán.
Cui pa cang khai, ni te how long yow tien fa yen.

Apakah parah?
很嚴重嗎？
Hěn yán zhòng ma?
Hen yen cong ma?

Tidak. Beberapa hari ini jangan makan makanan yang dapat mempermudah iritasi.
不會，這幾天不要吃太刺激性的東西。
Bú huì, zhè jǐ tiān bú yào chī tài cì jī xìng de dōng xī.
Pu hui, ce ci thien pu yaw che thai che ci xing te tong si.

Saya berikan resep obat untuk 3 hari, sehari 3 kali, diminum setelah makan.
我幫妳開3天的藥，1天3次，飯後吃。
Wǒ bāng nǐ kāi sān tiān de yào, yì tiān sān cì, fàn hòu chī.
Wo pang ni khai san thien te yaw, yi thien san che, fan how che.

第卅九課 看醫生

 181

Lesson

40

受傷
Shòu shāng
Show Shang

Terluka

CD 40-1

太太，我的手流血了，有OK繃嗎？
Tài tài, wǒ de shǒu liú xiě le, yǒu OK bèng ma?
Thai thai, wo te show liu sie le, yow OK peng ma?

有，在急救箱裡！
Yǒu, zài jí jiù xiāng lǐ!
Yow, cai ci ciu siang li!

Nyonya, tangan saya berdarah. Apakah ada hansaplast?
Ada di dalam kotak P3K!

TERLUKA

Tangan saya *berdarah*.
我的手*流血了。
Wǒ de shǒu *liú xiě* le.
Wo te show *liu sie* le.

Kaki saya terkilir.
我的腳扭到了。
Wǒ de jiǎo niǔ dào le.
Wo te ciau niu tau le.

Ama terjatuh.
阿嬤跌倒了。
Āma dié dǎo le.
A ma tie tau le.

Latihan

1. Membiru
瘀青
Yū qīng Yi ching

2. Tergores
被刮到
Bèi guā dào Pei kua tau

3. Tertusuk
被刺到
Bèi cì dào Pei che tau

MENGOBATI LUKA

Cepat *oleskan obat*.
快去*擦藥。
Kuài qù *cā yào*.
Khuai chi *cha yaw*.

Luka kamu parah sekali.
你的傷口很嚴重。
Nǐ de shāng kǒu hěn yán zhòng.
Ni te shang khow hen yen cong.

Setelah diolesin obat, baru dibalut dengan kain kasa.
塗藥膏後，再用紗布包起來。
Tú yào gāo hòu, zài yòng shā bù bāo qǐ lái.
Thu yaw kau hou, cai yong sha pu pau chi lai.

Latihan

1. Tempel hansaplast
貼OK繃
Tiē OK bèng Thie OK Peng

2. Olesin salep
塗藥膏
Tú yào gāo Thu yaw kau

3. Teteskan obat merah
點紅藥水
Diǎn hóng yào shuǐ
Tien hong yaw shui

Tangan kamu kenapa?

妳的手怎麼了？

Nǐ de shǒu zěn me le?

Ni te shou cen me le?

Tangan saya tidak sengaja tergores.

我不小心切到手。

Wǒ bù xiǎo xīn qiē dào shǒu.

Wo pu siau sin chie tau shou.

Kok tidak hati-hati?

怎麼那麼不小心？

Zěn me nà me bù xiǎo xīn?

Cen me na me pu siau sin?

Luka kamu agak dalam.

你的傷口有點深。

Nǐ de shāng kǒu yǒu diǎn shēn.

Ni te shang khou yow tien shen.

Luka kamu harus segera diobati.

妳的傷口要馬上治療。

Nǐ de shāng kǒu yào mǎ shàng zhì liáo.

Ni te shang khou yaw ma shang ce liau.

Untung lukanya tidak sampai terkena tulang.

幸好沒有傷到骨頭。

Xìng hǎo méi yǒu shāng dào gǔ tóu.

Sing hau mei yow shang tau ku thou.

Saat diolesi salep akan sedikit sakit, tahan sedikit yah.

塗這個藥膏會有點痛，忍著點哦。

Tú zhè ge yào gāo huì yǒu diǎn tòng, rěn zhe diǎn ō.

Thu ce ke yaw kau hui yow tien thong, ren ce tien o.

Wati, tangan kamu kenapa?
WATI，妳的手怎麼了？
WATI, nǐ de shǒu zěn me le?
WATI, ni te show cen me le?

Saat saya mengupas buah, tangan saya tidak sengaja tergores.
我切水果的時候，不小心切到手了。
Wǒ qiē shuǐ guǒ de shí hòu, bù xiǎo xīn qiē dào shǒu le.
Wo chie shui kuo te she hou, pu siau sin chie tau show le.

Aiya, darah kamu mengalir banyak sekali. Cepat ambil kotak P3K kesini.
哎呀，流好多血，快把急救箱拿過來。
Āi ya, liú hǎo duō xiě, kuài bǎ jí jiù xiāng ná guò lái.
Ai ya, liu hau tuo sie, khuai pa ci ciu siang na kuo lai.

Sss, sakit sekali.
吱……，好痛哦。
SSSS.., hǎo tòng o.
Sss, haw thong o.

Saya bersihkan dengan alkohol lalu diolesi dengan salep terlebuh dahulu, saat diolesi bakal sedikit sakit, kamu tahan yah.
我先幫妳消毒再塗藥膏，塗的時候，會有點痛，忍著點。
Wǒ xiān bāng nǐ xiāo dú zài tú yào gāo, tú de shí hòu, huì yǒu diǎn tòng, rěn zhe diǎn.
Wo sien pang ni siau tu cai thu yaw kau, thu te she how, hui yow tien thong, ren ce tien.

Terima kasih Nyonya.
謝謝太太。
Xiè xie tài tài.
Sie sie thai thai.

Lain kali saat memotong makanan, hati-hati yah.
下次切東西，要小心一點哦。
Xià cì qiē dōng xī, yào xiǎo xīn yì diǎn ō.
Sia che chie tong si, yaw siau sin yi tien o.

第四十課 受傷

Lesson

遺失

Yí shī

Yi she

Kehilangan

我的錢包不見了。

Wǒ de qián bāo bú jiàn le.

Wo te chien pau pu cien le.

怎麼會呢？妳仔細回想上次放在哪裡？

Zěn me huì ne? Nǐ zǐ xì huí xiǎng shàng cì fàng zài nǎ lǐ?

Cen me hui ne? Ni ce si huei siang shang che fang cai na li?

Dompet saya hilang.

Kok bisa? Coba diingat lagi waktu itu kamu taruh dinana?

Dompet saya hilang.

我的*錢包不見了。

Wǒ de *qián bāo* bú jiàn le.

Wo te *chien pau* pu cien le.

Saya kehilangan dompet saya.

我遺失了錢包。

Wǒ yí shī le qián bāo.

Wo yi she le chien pau.

Saya tidak menemukan tiket pesawat saya.

我找不到我的機票。

Wǒ zhǎo bú dào wǒ de jī piào.

Wo cau pu tau wo te ci phiau.

Latihan

1. Paspor

護照

Hù zhào Hu cau

2. Kartu Asuransi Kesehatan

健保卡

Jiàn bǎo kǎ Cien pau kha

3. Kartu ARC

居留證

Jū liú zhèng Ci liu ceng

第四十一課 遺失

Saya ingat waktu itu saya taruh di dalam *tas* saya.

我記得上次是放在這個*包包裡。

Wǒ jì dé shàng cì shì fàng zài zhè ge *bāo bāo* li.

Wo ci te shang che she fang cai ce ke *pau pau* li.

Apakah kamu masih ingat terakhir kali kamu taruh dimana?

你還記得最後一次放在哪裡嗎？

Nǐ hái jì dé zuì hòu yí cì fàng zài nǎ lǐ ma?

Ni hai ci te cui hou yi che fang cai na li ma?

Dompet saya ketinggalan di toko.

我把它忘在店裡了。

Wǒ bǎ tā wàng zài diàn lǐ le.

Wo pa tha wang cai tien li le.

Latihan

1. Laci

櫃子

Guì zi Kui ce

2. Dompet

皮包

Pí bāo Phi pau

3. Bagasi saya

行李箱

Xíng lǐ xiāng

Sing li siang

Kamu ada lihat anting-anting saya ga?

你有看到我的耳環嗎？

Nǐ yǒu kàn dào wǒ de ěr huán ma?

Ni yow khan tau wo te er huan ma?

Jangan panik. Cari dulu.

不要慌，先找找看。

Bú yào huāng, xiān zhǎo zhǎo kàn.

Pu yaw huang, sien cau cau khan.

Mau lapor polisi ga?

要報警嗎？

Yào bào jǐng ma?

Yaw pau cing ma?

Apakah telah dicuri?

是不是被偷了？

Shì bú shì bèi tōu le?

She pu she pei thou le?

Dompet saya sudah ketemu.

我的錢包找到了。

Wǒ de qián bāo zhǎo dào le.

Wo te chien pau cau tau le.

Saya lupa taruh dimana.

我忘記放哪裡了。

Wǒ wàng jì fàng nǎ lǐ le.

Wo wang ci fang na li le.

Uda ketemu belum?

找到了嗎？

Zhǎo dào le ma?

Cau tau le ma?

Coba cari lagi.

再找找看。

Zài zhǎo zhǎo kàn.

Cai cau cau khan.

Paspor saya hilang.
我的護照不見了。
Wǒ de hù zhào bú jiàn le.
Wo te hu cau pu cien le.

Kok bisa? Terakhir kamu taruh dimana?
怎麼會呢？妳上次放在哪裡？
Zěn me huì ne? Nǐ shàng cì fàng zài nǎ lǐ?
Cen me hui ne? Ni shang che fang cai na li?

Saya ingat waktu itu saya taruh di dalam laci ini.
我記得上次是放在這個抽屜裡。
Wǒ jì dé shàng cì shì fàng zài zhè ge chōu tì lǐ.
Wo ci te shang che she fang cai ce ke chou thi li.

Oh ya? Coba cari di laci lainnya lagi.
是嗎？妳再去別的櫃子找找看。
Shì ma? Nǐ zài qù bié de guì zi zhǎo zhǎo kàn.
She ma? Ni cai chi pie te kui ce cau cau khan.

Sudah ketemu, sudah ketemu!
找到了，找到了！
Zhǎo dào le, zhǎo dào le!
Cau tau le, cau tau le!

Bagus, ketemu dimana?
太好了，在哪裡找到的？
Tài hǎo le, zài nǎ lǐ zhǎo dào de?
Thai hau le, cai na li cau tau te?

Di dalam tas.
在包包裡。
Zài bāo bāo lǐ.
Cai pau pau li.

Untung ketemu.
幸好有找到。
Xìng hǎo yǒu zhǎo dào.
Sing hau yow cau tau.

第四十一課 遺失

Lesson

42

防災準備

Fáng zāi zhǔn bèi

Fang cai cun pei

Mengantisipasi Bencana Alam

過兩天會有颱風來襲，我們得先做好防災措施。

Guò liǎng tiān huì yǒu tái fēng lái xí, wǒ men děi xiān zuò hǎo fáng zāi cuò shī.

Kuo liang thien hui yow thai feng lai si, wo men tei sien cuo hau fang cai chuo se.

Dua hari lagi akan ada angin topan, kita harus mempersiapkan segala sesuatu terlebih dahulu.

BENCANA

Gempa!
*地震了！
Dì zhèn le!
Ti cen le!

Angin topan datang!
颱風來了！
Tái fēng lái le!
Thai feng lai le!

Diluar sedang hujan lebat.
外面正在下大雨。
Wài miàn zhèng zài xià dà yǔ.
Wai mien ceng cai sia ta yi.

Latihan

1. Turun hujan
下雨
Xià yǔ
Sia yi

2. Kebakaran
失火
Shī huǒ
She huo

3. Mati lampu
停電
Tíng diàn
Thing tien

4. Banjir
淹水
Yān shuǐ
Yen shui

MENGANTISIPASI BENCANA ALAM

Kita harus bersiap-siap untuk mengantisipasi *angin topan*.
我們要先做防*颱準備。
Wǒ men yào xiān zuò fáng tái zhǔn bèi.
Wo men yaw sien cuo fang *thai* cun pei.

Senter dimana?
手電筒在哪裡？
Shǒu diàn tǒng zài nǎ lǐ?
Shou tien thong cai na li?

Lekas lari!
快跑！
Kuài pǎo!
Khuai phau!

Latihan

1. Hujan lebat
豪雨
Háo yǔ
Hao yi

2. Kebakaran
火
Huǒ
Huo

第四十二課 防災準備

191

CD 42-4

Hati-hati!

小心！

Xiǎo xīn!

Siau sin!

Disini sering terjadi gempa.

這裡經常發生地震。

Zhè lǐ jīng cháng fā shēng dì zhèn.

Ce li cing chang fa sheng ti cen.

Mengerikan sekali!

好恐怖哦！

Hǎo kǒng bù o!

Hau khong pu o!

Saat musim panas dan gugur, Taiwan sering mengalami angin topan.

夏天及秋天時，台灣經常會有颱風。

Xià tiān jí qiū tiān shí, tái wān jīng cháng huì yǒu tái fēng.

Chun thien ci chiu thien she, thai wan cing chang hui yow thai feng.

Ramalan cuaca mengatakan akhir-akhir ini akan ada angin topan.

氣象說最近會有颱風來襲。

Qì xiàng shuō zuì jìn huì yǒu tái fēng lái xí.

Chi siang shuo cui cin hui yow thai feng lai si.

Jangan keluar rumah saat ada topan.

颱風天不要出門。

Tái fēng tiān bú yào chū mén.

Thai feng thien pu yau chu men.

Sebelum terjadi topan, kita harus menyediakan makanan terlebih dahulu.

颱風來臨前，我們要先準備糧食。

Tái fēng lái lín qián, wǒ men yào xiān zhǔn bèi liáng shí.

Thai feng lai lin chien, wo men yaw sien cun pei liang she.

CD 42-5

DIALOG

WATI, hari ini akan ada angin topan, kamu jangan keluar rumah yah.
WATI，今天會有颱風登陸，妳先不要出門哦！
WATI, jīn tiān huì yǒu tái fēng dēng lù, nǐ xiān bú yào chū mén ō!
WATI, cin thien hui yow thai feng teng lu, ni sien pu yaw chu men o!

Kedengarannya mengerikan sekali.
好像很恐怖。
Hǎo xiàng hěn kǒng bù.
Hau siang hen khong pu.

Berita mengatakan ini adalah angin topan dengan kekuatan sedang.
新聞報導說是中颱。
Xīn wén bào dǎo shuō shì zhōng tái.
Sin wen pau tau shuo she cong thai.

Apakah ada yang harus disiapkan terlebih dahulu?
太太，我們要先準備什麼嗎？
Tài tài, wǒ men yào xiān zhǔn bèi shén me ma?
Thai-thai, wo men yaw sien cun pei she me ma?

Yang ditakutkan saat hari topan adalah mati listrik dan banjir, kita harus menyediakan makanan dan senter.
颱風天最怕停電還有淹水。我們先準備些糧食還有手電筒。
Tái fēng tiān zuì pà tíng diàn hái yǒu yān shuǐ. Wǒ men xiān zhǔn bèi xiē liáng shí hái yǒu shǒu diàn tǒng.
Thai feng thien cui pha thing tien hai yow yen shui, wo men sien cun pei sie liang she hai yow shou tien thong.

Baik, Nyonya.
好的，太太。
Hǎo de, tài tài.
Hau te, thai-thai.

Mari kita pergi beli makanan di supermarket.
那我們先去超市買東西。
Nà wǒ men xiān qù chāo shì mǎi dōng xī.
Na wo men sien chi chao she mai tong si.

第四十二課　防災準備

Perlu bantuan? Berikut adalah nomor telepon penting :

★ Bantuan Darurat **110**
★ KDRT atau Pelecehan Seksual **113**
★ Konsultasi dan Pengaduan khusus Pekerja Asing **1955**, **0800-885-958** (Hotline Bahasa Indonesia)
★ Kebakaran dan Ambulans **119**
★ Kounter Pelayanan TKA di Bandara Internasional Taoyuan **03-398-3977** (Bahasa Indonesia)
★ Kounter Pelayanan TKA di Bandara Internasional Kaoshiung **07-803-6804**, **07-803-6419**

 KDEI Taipei

Alamat : Lt. 2, No. 550, Ruiguang Rd, Neihu District, Taipei City, 114
Alamat Mandarin: 台北市內湖區瑞光路550號2樓
Ketenagakerjaan: **02-8752-3117**
Masalah Paspor: **02-8752-6170 ext. 42, 47, 48**

 Informasi Pusat Konseling TKA di setiap daerah :

Keelung City	02-24278683	Chiayi County	05-3621289
Taipei City	02-25502151	Chiayi City	05-2231920
New Taipei City	02-89659091	Tainan City	06-2951052
Taoyuan County	03-3344087	Kaoshiung City	07-8117543
Hsinchu City	03-5320674	Pingtung County	08-7510894
Hsinchu County	03-5520648	Yilan County	03-9254040
Miaoli County	037-363260	Hualien City	038-239007
Taichung City	04-22289111	Taitung County	089-328254
Nantou County	049-2238670	Penghu County	06-9267248
Changhua County	04-7297228	Kinmen County	082-373291
Yunlin County	05-5338087	Lienchiang County	0836-25022#29

Chapter 7
Lesson43~45

請求篇
Memohon Bantuan

Lesson 43

請求幫忙
Qǐng qiú bāng máng
Ching chiu pang mang

Memohon Bantuan

MEMOHON BANTUAN

Bisa tolong saya *kirim surat*?
可以幫我*寄信嗎？
Kě yǐ bāng wǒ *jì xìn* ma?
Khe yi pang wo *ci sin* ma?

Boleh bantuin saya beli kartu telepon?
可以麻煩你幫我買電話卡嗎？
Kě yǐ má fán nǐ bāng wǒ mǎi diàn huà kǎ ma?
Khe yi ma fan ni pang wo mai tien hua kha ma?

Maaf, membuat anda repot.
拜託你了。
Bài tuō nǐ le.
Pai thuo ni le.

Latihan

1. Ambil barang
拿東西
Ná dōng xī Na tong si

2. Kirim uang
寄錢
Jì qián Ci chien

3. Panggilkan taksi
叫車
Jiào chē Ciau che

第四十三課 請求幫忙

MEMINTA PERTOLONGAN

Saya mau *panggil ambulan*.
我要*叫救護車。
Wǒ yào *jiào jiù hù chē*.
Wo yaw *ciau ciu hu che*.

Tolong!
救命啊！
Jiù mìng a!
Ciu ming a!

Kalau perlu bantuan, kamu boleh bilang sama majikan.
如果需要幫忙，你可以和雇主說。
Rú guǒ xū yào bāng máng, nǐ kě yǐ hàn gù zhǔ shuō.
Ru kuo si yau pang mang, ni khe yi han ku cu shuo.

Latihan

1. Memberitahukan agensi
告訴仲介
Gào sù zhòng jiè
Kau su cong cie

2. Lapor polisi
報警
Bào jǐng Pau cing

3. Memberitahukan majikan
告訴雇主
Gào sù gù zhǔ
Kau su ku cu

197

CD 43-4

Boleh minta bantuan anda?

可以請你幫忙嗎？

Kě yǐ qǐng nǐ bāng máng ma?

Khe yi ching ni pang mang ma?

Maaf, majikan saya tidak memperbolehkan saya berbicara dengan orang asing.

對不起，我老闆娘不准我隨便跟陌生人說話。

Duì bù qǐ, wǒ lǎo bǎn niáng bù zhǔn wǒ suí biàn gēn mò shēng rén shuō huà.

Tui pu chi, wo lau pan niang pu cun wo shui pien ken mo sheng ren shuo hua.

Tolong bantu saya, boleh ga?

拜託幫我這個忙，好嗎？

Bài tuō bāng wǒ zhè ge máng, hǎo ma?

Pai thuo pang wo ce ke mang, hau ma?

Maaf, saya tidak bisa membantu.

不好意思，我沒能幫上忙。

Bù hǎo yì si, wǒ méi néng bāng shàng máng.

Pu hau yi se, wo mei neng pang shang mang.

Tidak apa-apa.

沒關係。

Méi guān xī.

Mei kuan si.

Terima kasih atas bantuan anda.

感謝你的幫忙。

Gǎn xiè nǐ de bāng máng.

Kan sie ni te pang mang.

Tidak apa-apa.

哪裡，哪裡。

Nǎ lǐ, nǎ lǐ.

Na li, na li.

CD 43-5

DIALOG

Ama, kamu kenapa?

阿嬤，妳怎麼了？

Āma, nǐ zěn me le?

A ma, ni cen me le?

Saya terjatuh.

我跌倒了。

Wǒ dié dǎo le.

Wo tie tau le.

Tolong. Apakah ada orang yang bisa membantu?

救命啊！有人可以幫忙嗎？

Jiù mìng a! Yǒu rén kě yǐ bāng máng ma?

Ciu ming a! Yow ren khe yi pang mang ma?

Ada apa?

怎麼了？

Zěn me le?

Cen me le?

Ama terjatuh, bisa bantuin saya panggilkan ambulan?

阿嬤跌倒了，可以幫我叫救護車嗎？

Āma dié dǎo le, kě yǐ bāng wǒ jiào jiù hù chē ma?

A ma tie tau le, khe yi pang wo ciau ciu hu che ma?

Tunggu sebentar.

等一下。

Děng yí xià.

Teng yi sia.

Maaf merepotkan.

麻煩你了。

Má fán nǐ le.

Ma fan ni le.

Tidak apa-apa, jangan sungkan.

哪裡哪裡，不客氣。

Nǎ lǐ nǎ lǐ, bú kè qì.

Na li na li, pu khe chi.

在郵局寄東西

Zài yóu jú jì dōng xi

Cai you ci ci tong si

Kirim Barang Di Kantor Pos

CD 44-1

我要寄航空信到印尼，請問多久才會到印尼？

Wǒ yào jì háng kōng xìn dào yìn ní, qǐng wèn duō jiǔ cái huì dào yìn ní?

Wo yaw ci hang khong sin tau yin ni, ching wen tuo ciu chai hui tau yin ni?

大約3到7天。

Dà yuē sān dào qī tiān.

Ta yue san tau chi thien.

Saya mau kirim surat airmail ke Indonesia, berapa lama baru bisa sampai ke Indonesia? Sekitar 3 sampai 7 hari.

KIRIM SURAT

Saya mau kirim *surat airmail*.

我要寄*航空信到印尼。

Wǒ yào jì *háng kōng xìn* dào yìn ní.

Wo yaw ci *hang khong sin* tau yin ni.

Mau kirim dengan cara apa?

你要怎麼寄？

Nǐ yào zěn me jì?

Ni yau cen me ci?

Saya mau kirim surat tercatat.

我要掛號。

Wǒ yào guà hào.

Wo yaw kua hau.

★ EMS : International Express Mail Service, mengirim surat ke luar negeri dan tiba dalam waktu lebih singkat dibanding airmail.

Latihan

1. Paket barang

包裹

Bāo guǒ Pao kuo

2. Dokumen

文件

Wén jiàn Wen cien

3. Pengiriman surat lewat laut

水陸信

Shuǐ lù xìn Shui lu sin

4. Surat EMS/ kilat

EMS信件★

EMS xìn jiàn EMS sin cien

isi BARANG

Isi barang adalah *dokumen penting*.

裡面是*重要文件。

Lǐ miàn shì *zhòng yào wén jiàn*.

Li mien she *cong yaw wen cien*.

Apa isi barang di dalam?

裡面的內容是什麼？

Lǐ miàn de nèi róng shì shén me?

Li mien te nei rong she shen me?

Isi paket harus ditulis dengan jelas.

包裹的內容物品要寫清楚。

Bāo guǒ de nèi róng wù pǐn yào xiě qīng chǔ.

Pau kuo te nei rong wu phin yaw sie ching chu.

Latihan

1. Baju

衣服

Yī fú

Yi fu

2. Makanan

食物

Shí wù

She wu

3. Hadiah

禮物

Lǐ wù Li wu

第四十四課 在郵局寄東西

Saya mau membeli perangko.

我要買郵票。

Wǒ yào mǎi yóu piào.

Wo yaw mai yow phiau.

Berapa nilai perangko untuk surat ini?

這封信要貼幾元的郵票？

Zhè fēng xìn yào tiē jǐ yuán de yóu piào?

Ce feng sin yaw thie ci yuan te yow phiau?

Kamu mau kirim kemana?

你要寄到哪裡？

Nǐ yào jì dào nǎ lǐ?

Ni yaw ci tau na li?

Berapa lama baru bisa sampai ke Indonesia?

多久才會到印尼？

Duō jiǔ cái huì dào yìn ní?

Tuo ciu chai hui tau yin ni?

Tolong tuliskan kode pos yang benar.

麻煩寫好郵遞區號。

Má fán xiě hǎo yóu dì qū hào.

Ma fan sie hau yow ti chi hau.

Ada jual amplop surat ga?

有賣信封嗎？

Yǒu mài xìn fēng ma?

Yow mai sin feng ma?

Surat ini boleh dimasukkan langsung ke dalam kotak pos.

這封信直接丟郵筒就可以了。

Zhè fēng xìn zhí jiē diū yóu tǒng jiù kě yǐ le.

Ce feng sin ce cie tiu yow thong ciu khe yi le.

Ongkos kirimnya berapa?

郵資多少錢？

Yóu zī duō shǎo qián?

You ce tuo shau chien?

Maaf, saya mau kirim surat ke Indonesia.

您好，我要寄信到印尼。

Nín hǎo, wǒ yào jì xìn dào yìn ní.

Nin hau, wo yaw ci sin tau yin ni.

Kamu mau kirim dengan cara apa?

妳要怎麼寄呢？

Nǐ yào zěn me jì ne?

Ni yaw ce me ci?

Saya mau kirim dengan EMS.

我要用EMS寄。

Wǒ yào yòng EMS jì.

Wo yaw yong EMS ci.

Apa isi di dalamnya? Tolong tuliskan dengan jelas disini.

包裹裡面裝什麼？請在這裡寫清楚。

Bāo guǒ lǐ miàn zhuāng shén me? Qǐng zài zhè lǐ xiě qīng chǔ.

Pau kuo li mien cuang shen me? Ching cai ce li sie ching chu.

Isinya adalah dokumen. Berapa lama baru bisa sampai ke Indonesia?

裡面是文件。請問大概多久才會到印尼？

Lǐ miàn shì wén jiàn. Qǐng wèn dà gài duō jiǔ cái huì dào yìn ní?

Li mien she wen cien. Ching wen ta kai tuo ciu chai hui tau yin ni?

Sekitar 3 sampai 7 hari.

大約3到7天左右。

Dà yuē sān dào qī tiān zuǒ yòu.

Ta yue san tau chi thien cuo yow.

Berapa ongkos kirimnya?

這樣郵資多少錢？

Zhè yàng yóu zī duō shǎo qián?

Ce yang yow ce tuo shaw chien?

NT 350.

350元。

Sān bǎi wǔ shí yuán.

San pai wu she yuan.

第四十四課 在郵局寄東西

Lesson
45

在銀行匯款
Zài yín háng huì kuǎn
Cai yin hang hui khuan

Kirim Uang Di Bank

Di BANK

Saya mau *kirim uang*.

我想*匯款。

Wǒ xiǎng huì kuǎn.

Wo siang *hui khuan.*

Berapa biaya administrasi pengiriman uang?

匯款的手續費多少錢？

Huì kuǎn de shǒu xù fèi duō shǎo qián?

Hui khuan te shou si fei tuo shau chien?

Saya mau buka rekening.

我要開戶。

Wǒ yào kāi hù.

Wo yaw khai hu.

Latihan

1. Kirim uang ke Indonesia

匯款到印尼

Huì kuǎn dào yìn ní

Hui khuan tau yin ni

2. Menabung

存錢

Cún qián Chun chien

3. Mengambil uang

提款

Tí kuǎn Thi khuan

第四十五課 在銀行匯款

MENUKAR VALUTA ASING

Saya mau tukar rupiah.

我想換*印尼幣。

Wǒ xiǎng huàn yìn ní bì.

Wo siang huan yin ni pi.

Apakah disini tersedia penukaran mata uang asing?

這裡可以換外幣嗎？

Zhè lǐ kě yǐ huàn wài bì ma?

Ce li khe yi huan wai pi ma?

Berapa kurs hari ini?

今天的匯率多少？

Jīn tiān de huì lǜ duō shǎo?

Cin thien te hui li tuo shau?

Latihan

1. Dolar Amerika

美金

Měi jīn

Mei cin

2. New Taiwan Dolar

台幣

Tái bì

Thai pi

Mohon masukkan nomor pin anda.
請輸入您的密碼。
Qǐng shū rù nín de mì mǎ. Ching shu ru nin te mi ma.

Berapa kurs Dolar Amerika ke NTD?
美金換新台幣的匯率是多少？
Měi jīn huàn xīn tái bì de huì lǜ shì duō shǎo?
Mei cin huan sin thai pi te hui li she tuo shau?

Numpang tanya bagaimana caranya transfer uang?
請問怎麼轉帳？
Qǐng wèn zěn me zhuǎn zhàng? Ching wen cen me cuan cang?

Bisa tolong tunjukkan dua kartu identitas anda?
可以看一下您的雙證件嗎？
Kě yǐ kàn yí xià nín de shuāng zhèng jiàn ma?
Khe yi khan yi sia nin te shuang ceng cien ma?

Mohon isi formulir ini.
請填寫這張表格。
Qǐng tián xiě zhè zhāng biǎo gé. Ching thien sie ce cang piau ke.

Mohon tanda tangan disini.
請在這裡簽名。
Qǐng zài zhè lǐ qiān míng. Ching cai ce li chien ming.

Saya mau print buku tabungan.
我要刷存摺。
Wǒ yào shuā cún zhé. Wo yaw shua chun ce.

Saya mau mengaplikasi kartu ATM.
我要辦一張金融卡。
Wǒ yào bàn yì zhāng jīn róng kǎ. Wo yaw pan yi cang cin rong kha.

Saya mau tukar duit rupiah.

我要換印尼現鈔。

Wǒ yào huàn yìn ní xiàn chāo.

Wo yaw huan yin ni sien chau.

Mohon pinjam sebentar kartu identitas anda.

借一下您的證件。

Jiè yí xià nín de zhèng jiàn.

Cie yi sia nin te ceng cien.

Berapa kurs sekarang?

請問現在匯率多少？

Qǐng wèn xiàn zài huì lǜ duō shǎo?

Ching wen sien cai hui li tuo shau?

Sekarang adalah 1 banding 300. Kamu mau tukar berapa?

現在是 1 比 300。請問您要換多少？

Xiàn zài shì yī bǐ sān bǎi. Qǐng wèn nín yào huàn duō shǎo?

Sien cai she yi pi san pai. Ching wen nin yaw huan tuo shau?

Saya mau tukar NT 5,000.

我要換5000塊台幣。

Wǒ yào huàn wǔ qiān kuài tái bì.

Wo yaw huan wu chien khuai thai pi.

Mohon tanda tangan disini.

麻煩在這裡簽名。

Má fán zài zhè lǐ qiān míng.

Ma fan cai ce li chien ming.

第四十五課 在銀行匯款

Memo

Kosa Kata Penting
單字索引

Lesson 01 ▶ Memperkenalkan Diri Sendiri
自我介紹 Zì wǒ jiè shào

名字 [míng zì / ming ce] nama
哪裡 [nǎ lǐ / na li] dimana
你 [nǐ / ni] kamu
年輕 [nián qīng / nien ching] muda
您 [nín / nin] Anda
來自 [lái zì / lai ce] asal
高興 [gāo xìng / kau sing] senang
歡迎 [huān yíng / huan ying] selamat datang
今年 [jīn nián / cin nien] tahun ini
姓 [xìng / sing] marga
指教 [zhǐ jiào / ce ciau] bimbingan
人 [rén / ren] orang
歲 [suì / sui] umur
印尼 [yìn ní / yin ni] Indonesia
爪哇島 [zhuǎ wā dǎo / cua wa tau] Pulau Jawa

Lesson 02 ▶ Memperkenalkan Orang Lain
介紹別人 Jiè shào bié rén

朋友 [péng yǒu / pheng yow] teman
扶 [fú / fu] memapah
第一次 [dì yī cì / ti yi che] pertama kali
年輕 [nián qīng / nien ching] muda
跌倒 [dié dǎo / tie tau] jatuh
聽力 [tīng lì / thing li] pendengaran
同鄉 [tóng xiāng / thong siang] sekampung
耐心 [nài xīn / nai sin] bersabar
老闆 [lǎo bǎn / lau pan] majikan, bos
老人 [lǎo rén / lau ren] orang tua
路 [lù / lu] jalan

工廠 [gōng chǎng / kong chang] pabrik
行動不方便 [xíng dòng bù fàng biàn / sing tong pu fang pien] tidak leluasa bergerak
努力 [nǔ lì / nu li] rajin
宿舍 [sù shè / su she] asrama
先生 [xiān shēng / sien sheng] tuan, suami
照顧 [zhào gù / cau ku] menjaga
住 [zhù / cu] tinggal
注意 [zhù yì / cu yi] memperhatikan
誰 [shéí / shei] siapa
上班 [shàng bān / shang pan] bekerja

Lesson 03 ▶ Hobi dan Cita-Cita
興趣、夢想 Xìng qù, mèng xiǎng

夢想 [mèng xiǎng / mong siang] impian
打籃球 [dǎ lán qiú / ta lan chiu] bermain bola basket
電影 [diàn yǐng / tien ying] film
聽 [tīng / thing] mendengar
老師 [lǎo shī / lao she] guru
逛街 [guàng jiē / kuang cie] berbelanja
看書 [kàn shū / khan su] membaca buku
畫畫 [huà huà / hua hua] menggambar
警察 [jǐng chá / cing cha] polisi
希望 [xī wàng / si wang] semoga
喜歡 [xǐ huān / si huan] suka
唱歌 [chàng gē / chang ke] bernyanyi
成為 [chéng wéi / cheng wei] menjadi
最 [zuì / cui] paling
總統 [zǒng tǒng / cong thong] presiden
醫生 [yī shēng / yi sheng] dokter
音樂 [yīn yuè / yin yue] musik

Lesson 04 ▶ Keluarga
我的家人 Wǒ de jiā rén

有 [yǒu / yow] ada
沒有 [méi yǒu / mei yow] tidak ada
單身 [dān shēn / tan shen] belum menikah, single
農夫 [nóng fū / nong fu] petani
家庭主婦 [jiā tíng zhǔ fù / cia thing cu fu] ibu rumah tangga
家人 [jiā rén / cia ren] keluarga
結婚 [jié hūn / cie hun] menikah
親戚 [qīn qi / chin chi] sanak saudara
小孩 [xiǎo hái / siao hai] anak
小學 [xiǎo xué / siao sue] sekolah dasar
兄弟姊妹 [xiōng dì jiě mèi / siong ti cie mei] saudara, kakak beradik
上學 [shàng xué / shang sue] sekolah

Lesson 05 ▶ Kalimat Sapaan
問候語 Wèn hòu yǔ

關心 [guān xīn / kuan sin] memberikan perhatian
吃飽 [chī bǎo / che pau] kenyang
進 [jìn / cin] masuk
請 [qǐng / ching] silahkan
習慣 [xí guàn / si kuan] terbiasa
準備 [zhǔn bèi / cun pei] mempersiapkan
茶 [chá / cha] teh
早 [zǎo / cao] pagi
早安 [zǎo ān / cao an] selamat pagi
午安 [wǔ ān / wu an] selamat siang
晚安 [wǎn ān / wan an] selamat malam

Lesson 06 ▶ Berterima Kasih
感謝 Gǎn xiè

幫忙 [bāng máng / pang mang] bantuan
漂亮 [piào liang / phiau liang] cantik
買 [mǎi / mai] membeli
非常 [fēi cháng / fei chang] sangat

禮物 [lǐ wù / li wu] hadiah
感激 [gǎn jī / kan ci] berterima kasih
過來 [guò lái / kuo lai] kesini
機會 [jī huì / ci hui] kesempatan

Lesson 07 ▶ Minta Maaf
道歉 Dào qiàn

不好意思 [bù hǎo yì si / pu hau yi se] maaf
道歉 [dào qiàn / tau chien] minta maaf
對 [duì / tui] benar
對不起 [duì bù qǐ / tui pu chi] maaf
糖尿病 [táng niào bìng / thang niau ping] kencing manis
甜 [tián / thien] manis
禮貌 [lǐ mào / li mau] sopan santun
改進 [gǎi jìn / kai cin] memperbaiki (kesalahan)
故意 [gù yì / ku yi] sengaja
紅茶 [hóng chá / hong cha] teh merah
做 [zuò / cuo] mengerjakan, membuat
擦 [cā / cha] mengelap
粗心 [cū xīn / chu sin] ceroboh
錯 [cuò / chuo] salah
原諒 [yuán liàng / yuen liang] memaafkan

Lesson 08 ▶ Pamitan
道別 Dào bié

百貨公司 [bǎi huò gōng sī / pai huo kong se] mal, pusat pembelanjaan
明天 [míng tiān / ming thien] besok
等一下 [děng yí xià / teng yi sia] tunggu sebentar
哪裡 [nǎ lǐ / na li] dimana
該 [gāi / kai] harus
改天 [gǎi tiān / kai thien] lain hari
今天 [jīn tiān / cin thien] hari ini
後天 [hòu tiān / how thien] lusa
剛剛 [gāng gāng / kang kang] baru saja, tadi

回家 [huí jiā / huei cia] pulang rumah
下班 [xià bān / sia pan] pulang kerja
下次 [xià cì / sia che] lain kali
出門 [chū mén / chu men] keluar
出去 [chū qù / chu chi] keluar
走 [zǒu / cou] pergi, jalan
走路 [zǒu lù / cou lu] berjalan

Lesson 09 ▸ Ucapan Selamat, Pujian
祝賀、稱讚 Zhù hè, chēng zàn

祝 [zhù / cu] mendoakan
帥 [shuài / shuai] ganteng, tampan
聰明 [cōng míng / chong ming] pintar
送 [sòng / song] memberikan, mengantar
打開 [dǎ kāi / ta khai] membuka
讚美 [zàn měi / can mei] memuji
恭喜 [gōng xǐ / kong si] selamat
美 [měi / mei] cantik
棒 [bàng / pang] hebat
氣色 [qì sè / chi se] (wajah) berseri
長命百歲 [cháng mìng bǎi suì / chang ming pai shuei] berumur panjang
順利 [shùn lì / shun li] berjalan lancar

Lesson 10 ▸ Memberikan Pendapat
給意見 Gěi yì jiàn

同意 [tóng yì / thong yi] setuju
還好 [hái hǎo / hai hau] biasa
不對勁 [bù duì jìn / pu tui cin] ada yang tidak benar
反對 [fǎn duì / fan tui] tidak setuju
點子 [diǎn zi / tien ce] ide
考慮 [kǎo lǜ / khao li] mempertimbangkan
清楚 [qīng chǔ / ching chu] jelas
看法 [kàn fǎ / khan fa] pemikiran
贊成 [zàn chéng / can cheng] setuju
方法 [fāng fǎ / fang fa] cara
想法 [xiǎng fǎ / siang fa] ide
主意 [zhǔ yì / cu yi] ide
不錯 [bù cuò / pu chuo] bagus

覺得 [jué de / cue te] merasa

Lesson 11 ▸ Mengenal Tempat Kerja
熟悉地方 Shoú xī dì fāng

房間 [fáng jiān / fang cien] kamar
的 [de / te] (menyatakan kepunyaan)
東西 [dōng xi / tong si] barang
那 [nà / na] itu
隔壁 [gé bì / ke pi] disebelah
工作表 [gōng zuò biǎo / kong cuo piau] jadwal kerja
客廳 [kè tīng / khe thing] ruang tamu
開始 [kāi shǐ / khai se] mulai
這 [zhè / ce] ini
這邊 [zhè biān / ce pien] bagian ini
這裡 [zhè lǐ / ce li] disini
廚房 [chú fáng / chu fang] dapur
床 [chuáng / chuang] tempat tidur
上班 [shàng bān / shang pan] bekerja
書房 [shū fáng / shu fang] ruang baca
睡 [shuì / shuei] tidur
認真 [rèn zhēn / ren cen] serius
一起 [yī qǐ / yi chi] bersama
衣櫥 [yī chú / yi chu] lemari
陽台 [yáng tái / yang thai] balkon

Lesson 12 ▸ Menyapu
掃地 Sǎo dì

每天 [měi tiān / mei thien] setiap hari
地板 [dì bǎn / ti pan] lantai
拖把 [tuō bǎ / thuo pa] alat mengepel lantai
亂 [luàn / luan] berantakan
乾淨 [gān jìng / kan cing] bersih
吸塵器 [xī chén qì / si cheng chi] alat penyedot debu
桌子 [zhuō zi / cuo ce] meja
濕 [shī / she] basah
收拾 [shōu shí / shou she] membereskan
再 [zài / cai] lagi

髒 [zāng / cang] kotor
擦 [cā / cha] mengelap
掃把 [sào bǎ / sau pa] sapu
掃地 [sào dì / sau ti] menyapu
已經 [yǐ jīng / yi cing] telah, sudah

Lesson 13 ▸ Mencuci Baju
洗衣服 Xǐ yī fú

頂樓 [dǐng lóu / ting low] atap
燙 [tàng / thang] menyetrika
乾 [gān / kan] kering
後面 [hòu miàn / hou mien] belakang
烘乾機 [hōng gān jī / hong kan ci] mesin
pengering
洗衣粉 [xǐ yī fěn / si yi fen] deterjen
bubuk
洗衣袋 [xǐ yī dài / si yi tai] kantong cuci
baju
洗衣機 [xǐ yī jī / si yi ci] mesin cuci
洗衣精 [xǐ yī jīng / si yi cing] deterjen
cair
消毒水 [xiāo dú shuǐ / siau tu shuei]
cairan pembasmi kuman
漂白水 [piǎo bái shuǐ / phiau pai shuei]
pemutih
摺 [zhé / ce] melipat
襯衫 [chèn shān / chen shan] kemeja
曬 [shài / sai] berjemur
手洗 [shǒu xǐ / show si] dicuci dengan
tangan
柔軟精 [róu ruǎn jīng / row ruan cing]
deterjen pelembut
按 [àn / an] tekan (tombol)
衣服 [yī fú / yi fu] baju
外面 [wài miàn / wai mien] diluar
溫度 [wēn dù / wen tu] temperatur
熨斗 [yùn dǒu / yin tow] setrika

Lesson 14 ▸ Memasak
煮菜 Zhǔ cài

淡 [dàn / tan] hambar
湯 [tāng / thang] sup
牛肉 [niú ròu / niu row] daging sapi
雞肉 [jī ròu / ci row] daging ayam
豬肉 [zhū ròu / cu row] daging babi
辣 [là / la] pedas
咖哩 [gā lí / ka li] kari
空心菜 [kōng xīn cài / kong sin chai]
sayur kangkung
胡椒粉 [hú jiāo fěn / hu ciau fen] lada,
merica
加 [jiā / cia] tambah
煎魚 [jiān yú / cien yi] menumis ikan
醬油 [jiàng yóu / ciang yow] kecap
鹹 [xián / sien] asin
煮菜 [zhǔ cài / cu chai] memasak sayur
炒青菜 [chǎo qīng cài / chau ching chai]
menumis sayur
早餐 [zǎo cān / cau chan] sarapan pagi
午餐 [wǔ cān / wu chan] makan siang
晚餐 [wǎn cān / wan chan] makan malam
菜 [cài / chai] sayur
油 [yóu / yow] minyak
鹽巴 [yán bā / yen pa] asin
味道 [wèi dào / wei tau] rasa

Lesson 15 ▸ Membuang Sampah
倒垃圾 Dào lè sè

瓶子 [píng zi / phing ce] botol
分類 [fēn lèi / fen lei] dipisah
丟 [diū / tiu] buang
垃圾袋 [lè sè dài / le se tai] plastik
sampah
垃圾桶 [lè sè tǒng / le se thong] tong
sampah
罐子 [guàn zi / kuan ce] kaleng
回收 [huí shōu / huei show] mendaur
ulang
經過 [jīng guò / cing kuo] lewat
紙 [zhǐ / ce] kertas
廚餘 [chú yú / chu yi] sampah dapur

資源回收 [zī yuán huí shōu / ce yuen huei show] sampah yang dapat didaur ulang

Lesson 16▸Membersihkan WC
洗廁所 Xǐ cè suǒ

馬桶 [mǎ tǒng / ma thong] kloset
沐浴乳 [mù yù rǔ / mu yi ru] sabun mandi cair
肥皂 [féi zào / fei cau] sabun
芳香劑 [fāng xiāng jì / fang siang ci] pewangi ruangan
乾燥 [gān zào / kan cau] kering
鏡子 [jìng zi / cing ce] cermin
清潔劑 [qīng jié jì / ching cie ci] cairan pembersih
洗髮精 [xǐ fà jīng / si fa cing] shampo
洗手台 [xǐ shǒu tái / si show thai] wastafel
洗手乳 [xǐ shǒu rǔ / si show ru] sabun cuci tangan cair
刷 [shuā / shua] sikat
熱 [rè / re] panas
熱水器 [rè shuǐ qì / re shuei chi] mesin pemanas air
廁所 [cè suǒ / che suo] WC, toilet
隨時 [suí shí / suei she] kapanpun
衛生紙 [wèi shēng zhǐ / wei sheng ce] tisu
浴缸 [yù gāng / yi kang] bak mandi

Lesson 17▸Menelepon
打電話 Dǎ diàn huà

喂 [wéi / wei] halo
電話 [diàn huà / tien hua] telepon
留言 [liú yán / liu yen] meninggalkan pesan
告訴 [gào sù / kau su] memberitahukan
號碼 [hào mǎ / hau ma] no telepon
回電 [huí diàn / huei tien] menelepon balik

急事 [jí shì / ci she] hal mendesak
清楚 [qīng chǔ / ching chu] jelas
遲到 [chí dào / che tau] terlambat
找 [zhǎo / cao] mencari
在 [zài / cai] ada

Lesson 18▸Menerima Telepon
接電話 Jiē diàn huà

打錯 [dǎ cuò / ta chuo] salah telepon
大概 [dà gài / ta kai] kira-kira
等一下 [děng yí xià / teng yi sia] tunggu sebentar
接 [jiē / cie] menerima
正在 [zhèng zài / ceng cai] sedang
晚點 [wǎn diǎn / wan tien] malaman

Lesson 19▸Memijat
按摩 Àn mó

拍背 [pāi bèi / phai pei] tepuk punggung
力道 [lì dào / li tau] kekuatan, tenaga
輪椅 [lún yǐ / lun yi] kursi roda
拐杖 [guǎi zhàng / kuai cang] tongkat
轉 [zhuǎn / cuan] membalikkan (badan), memutar
伸直 [shēn zhí / shen ce] meluruskan
舒服 [shū fú / shu fu] nyaman (badan) terasa enak
酸 [suān / suan] (badan) pegal
左邊 [zuǒ biān / cuo pien] sebelah kiri
右邊 [yòu biān / yow pien] sebelah kanan

Lesson 20▸Di Kamar Mandi
在浴室 Zài yù shì

閉 [bì / pi] menutup (mata)
泡澡 [pào zǎo / phau cau] berendam
大便 [dà biàn / ta pien] buang air besar
尿尿 [niào niào / niau niau] buang air kecil
脫 [tuō / thuo] melepas

內褲 [nèi kù / nei khu] celana dalam
內衣 [nèi yī / nei yi] baju dalam
滑 [huá / hua] licin
褲子 [kù zi / khu ce] celana
換 [huàn / huan] mengganti
身體 [shēn tǐ / shen thi] badan
洗頭 [xǐ tóu / si thou] mencuci rambut
洗手 [xǐ shǒu / si show] mencuci tangan
洗澡 [xǐ zǎo / si cau] mandi
小心 [xiǎo xīn / siau sin] hati-hati
沖水 [chōng shuǐ / chong shuei] membasuh dengan air

Lesson 21 ▸ Terapi Kesehatan
復健　Fù jiàn

複診 [fù zhěn / fu cen] kembali berobat
痛 [tòng / thong] sakit
掛號 [guà hào / kua hau] mendaftar (untuk berobat)
健康 [jiàn kāng / cien khang] sehat
常 [cháng / chang] sering
順利 [shùn lì / shun li] berjalan lancar
散步 [sàn bù / san pu] jalan-jalan
運動 [yùn dòng / yin tong] olahraga

Lesson 22 ▸ Menyuapi Makanan
餵阿嬤吃飯　Wèi ā mā chī fàn

麵 [miàn / mien] mie
麵包 [miàn bāo / mien pau] roti
飯 [fàn / fan] nasi
粥 [zhōu / cou] bubur
餓 [è / e] lapar
一口 [yī kǒu / yi khou] sesuap
營養 [yíng yǎng / ying yang] bergizi
胃口 [wèi kǒu / wei khou] selera makan
餵 [wèi / wei] menyuapi

Lesson 23 ▸ Minum Obat
吃藥　Chī yào

打針 [dǎ zhēn / ta cen] menyuntik
難吃 [nán chī / nan che] tidak enak
量血壓 [liàng xiě yā / liang sie ya] mengukur tekanan darah
高 [gāo / kau] tinggi
低 [dī / ti] rendah
感冒 [gǎn mào / kan mau] demam
飯前 [fàn qián / fan chien] sebelum makan
飯後 [fàn hòu / fan how] sesudah makan
睡前 [shuì qián / shuei chien] sebelum tidur
空腹 [kōng fù / khong fu] perut kosong
苦 [kǔ / khu] pahit
記得 [jì dé / ci te] ingat
降低 [jiàng dī / ciang ti] menurunkan
正常 [zhèng cháng / ceng chang] normal
中藥 [zhōng yào / cong yaw] obat tradisional China
按時 [àn shí / an she] sesuai waktu
醫生 [yī sheng / yi sheng] dokter
藥 [yào / yaw] obat

Lesson 24 ▸ Menanyakan Jalan
問路　Wèn lù

迷路 [mí lù / mi lu] tersesat
附近 [fù jìn / fu cin] terdekat
多久 [duō jiǔ / tuo ciu] berapa lama
對面 [duì miàn / tui mien] diseberang
過馬路 [guò mǎ lù / kuo ma lu] menyeberang jalan
紅綠燈 [hóng lǜ dēng / hong li teng] lampu lalu lintas
火車站 [huǒ chē zhàn / huo che can] stasiun kereta api
繼續 [jì xù / ci si] terus
捷運站 [jié yùn zhàn / cie yin can] stasiun MRT
建議 [jiàn yì / cien yi] saran
近 [jìn / cin] dekat
巷口 [xiàng kǒu / siang khow] gang

市場 [shì chǎng / she chang] pasar
從~ 到~ [cóng~ dào~ / chong~ tau~]
dari~ ke~
郵局 [yóu jú / yow ci] kantor pos
銀行 [yín háng / yin hang] bank
遠 [yuǎn / yuen] jauh

Lesson 25▸Naik Bus
搭公車 Dā gōng chē

巴士 [bā shì / pa she] bus
搭 [dā / ta] naik (kendaraan)
到達 [dào dá / tau ta] tiba
鈴 [líng / ling] lonceng
公車 [gōng chē / kong che] bus
公車站 [gōng chē zhàn / kong che can]
terminal bus
客運 [kè yùn / khe yin] bus khusus
perjalanan jarak jauh / antar daerah
車 [chē / che] mobil
上車 [shàng chē / shang che] naik bus
下車 [xià chē / sia che] turun bus
站牌 [zhàn pái / can phai] halte bus
下一站 [xià yí zhàn / sia yi can] halte
berikutnya
終點站 [zhōng diǎn zhàn / cong tien can]
halte terakhir

Lesson 26▸Naik MRT / Kereta Api
搭捷運 / 火車
Dā jié yùn / huǒ chē

博愛座 [bó ài zuò / po ai cuo] tempat
duduk prioritas
復興號 [fù xīng hào / fu sing hau] kereta
Fu Xing
區間車 [qū jiān chē / chi cien che] kereta
lokal
莒光號 [jǔ guāng hào / ci kuang hau]
kereta Chu Kuang Express
路線 [lù xiàn / lu sien] jalur
自強號 [zì qiáng hào / ce chiang hau]

kereta api express
加值 [jiā zhí / cia ce] menambah uang
(dalam kartu Easy Card atau kartu
telepon)
車廂 [chē xiāng / che siang] gerbong
kereta
出口 [chū kǒu / chu khow] pintu keluar
手扶梯 [shǒu fú tī / show fu thi] eskalator
座位 [zuò wèi / cuo wei] tempat duduk
悠遊卡 [yōu yóu kǎ / yow yow kha] kartu
Easy Card (MRT)
月台 [yuè tái / yue thai] platform

Lesson 27▸Naik Taksi
搭計程車 Dā jì chéng chē

慢 [màn / man] lambat
快 [kuài / khuai] cepat
停 [tíng / thing] berhenti
路口 [lù kǒu / lu khou] persimpangan
急事 [jí shì / ci she] hal mendesak
計程車 [jì chéng chē / ci cheng che] taksi
繫 [xì / si] pasang
叫車 [jiào chē / ciau che] memanggil taksi
起價 [qǐ jià / chi cia] harga awal
安全帶 [ān quán dài / an chien tai] sabuk
pengaman

Lesson 28▸Di Airport
機場 Jī chǎng

班機 [bān jī / pan ci] penerbangan
單程票 [dān chéng piào / tan cheng
phiau] tiket sekali jalan
登機口 [dēng jī kǒu / teng ci khou] pintu
keberangkatan
登記證 [dēng jì zhèng / teng ci ceng]
boarding pass
抵達 [dǐ dá / ti ta] tiba
訂 [dìng / ting] memesan
來回 [lái huí / lai huei] pulang pergi
靠窗 [kào chuāng / khau chuang] dekat

jendela

靠走道 [kào zǒu dào / khau cou tau] dekat lorong(aisle)

行李 [xíng lǐ / sing li] bagasi

航廈 [háng xià / hang sia] terminal airport

護照 [hù zhào / hu cau] paspor

居留證 [jū liú zhèng / ci liu ceng] ARC (Surat Identitas di Taiwan)

證件 [zhèng jiàn / ceng cien] surat identitas

轉機 [zhuǎn jī / cuan ci] transit

超重 [chāo zhòng / chau cong] kelebihan berat

出示 [chū shì / chu she] menunjukkan

座位 [zuò wèi / cuo wei] tempat duduk

延遲 [yán chí / yen che] terlambat, telat, undur

Lesson 29 ▶ Tawar Menawar
殺價 Shā jià

半價 [bàn jià / pan cia] setengah harga

比價 [bǐ jià / pi cia] membandingkan harga

便宜 [pián yí / phien yi] murah

貴 [guì / kuei] mahal

打折 [dǎ zhé / ta ce] diskon

低價 [dī jià / ti cia] harga terendah

多少 [duō shǎo/ tuo shau] berapa

特價 [tè jià / the cia] harga spesial

錢 [qián / chien] uang

算 [suàn / suan] hitung

優惠 [yōu huì / yow hui] promo

Lesson 30 ▶ Di Pasar
菜市場 Cài shì chǎng

別的 [bié de / pie te] lainnya

賣 [mài / mai] menjual

爛 [làn / lan] layu, jelek

切 [qiē / chie] potong

新鮮 [xīn xiān / sin sien] segar

魚 [yú / yi] ikan

蝦 [xiā / sia] udang

菜市場 [cài shì chǎng / chai se chang] pasar tradisional

一把 [yī bǎ / yi pa] seikat (sayur)

一條 [yī tiáo / yi thiau] seekor (ikan)

一顆 [yī kē / yi khe] sebiji (buah, sayur)

一斤 [yī jīn / yi cin] 600 gram

一隻 [yī zhī / yi ce] seekor (ayam)

Lesson 31 ▶ Di Pasar Malam
夜市 Yè shì

排隊 [pái duì / phai tui] baris

分開 [fēn kāi / fen khai] terpisah

甜不辣 [tián bù là / thien pu la] tempura

辣 [là / la] pedas

雞排 [jī pái / ci phai] steak ayam

雞塊 [jī kuài / ci khuai] ayam goreng fillet/potong

小吃 [xiǎo chī / siau che] makanan ringan

炸 [zhà / ca] goreng

裝 [zhuāng / cuang] dibungkus

薯條 [shǔ tiáo / shu thiau] kentang goreng

熱鬧 [rè nào / re nau] ramai

Lesson 32 ▶ Di Restoran
餐廳 Cān tīng

便當 [biàn dang / pien tang] nasi kotak

買單 [mǎi dān / mai tan] membayar

付 [fù / fu] membayar

附 [fù / fu] termasuk, kasih

服務費 [fú wù fèi / fu wu fei] servis tax

打包 [dǎ bāo / ta pau] dibungkus

單點 [dān diǎn / tan tien] pesan ala-carte, single

點餐 [diǎn cān / tien chan] memesan makanan

套餐 [tào cān / thau chan] paket makanan

湯 [tāng / thang] sup

櫃台 [guì tái / kuei thai] kasir
含 [hán / han] mengandung
結帳 [jié zhàng / cie cang] hitung
炒飯 [chǎo fàn / chau fan] nasi goreng
菜單 [cài dān / chai tan] menu
一碗 [yì wǎn / yi wan] semangkuk

Lesson 33 ▸ Toko Minuman
飲料店　Yǐn liào diàn

半 [bàn / pan] setengah
冰 [bīng / ping] dingin, es
冰塊 [bīng kuài / ping khuai] es batu
袋子 [dài zi / tai ce] plastik
店 [diàn / tien] toko
糖 [táng / thang] gula
奶茶 [nǎi chá / nai cha] teh susu
綠茶 [lǜ chá / li cha] teh hijau
紅茶 [hóng chá / hong cha] teh merah
咖啡 [kā fēi / kha fei] kopi
喝 [hē / he] minum
加 [jiā / cia] tambah
只有 [zhǐ yǒu / ce yow] hanya
正常 [zhèng cháng / ceng chang] normal
少 [shǎo / shau] sedikit
熱 [rè / re] panas
一杯 [yī bēi / yi pei] segelas
飲料 [yǐn liào / yin liau] minuman
微 [wéi / wei] sangat sedikit

Lesson 34 ▸ Toko Serba Ada
便利商店　Biàn lì shāng diàn

便利商店 [biàn lì shāng diàn / pien li shang tien] toko serba ada
餅乾 [bǐng gān / ping kan] biskuit
排 [pái / phai] barisan
電話卡 [diàn huà kǎ / tien hua kha] kartu telepon
牛奶 [niú nǎi / niu nai] susu
果汁 [guǒ zhī / kuo ce] jus
礦泉水 [kuàng quán shuǐ / khuang chuen shuei] air mineral
可樂 [kě lè / khe le] coca cola
後面 [hòu miàn / how mien] belakang
加熱 [jiā rè / cia re] dipanaskan
香菸 [xiāng yān / siang yen] rokok
找錢 [zhǎo qián / cau chien] uang kembalian
總共 [zǒng gòng / cong kong] total
微波 [wéi bō / wei po] dipanaskan dengan microwave

Lesson 35 ▸ Toko Pakaian
服飾店　Fú shì diàn

配 [pèi / phei] cocok
適合 [shì hé / she he] cocok
褲子 [kù zi / khu ce] celana
裙子 [qún zi / chin ce] rok
新 [xīn / sin] baru
尺寸 [chǐ cùn / che chun] size, ukuran
試穿 [shì chuān / she chuan] mencoba (pakai)
一件 [yī jiàn / yi cien] sehelai (baju)
衣服 [yī fú / yi fu] pakaian
顏色 [yán sè / yen se] warna
外套 [wài tào / wai thau] jaket

Lesson 36 ▸ Toko Sepatu
鞋店　Xié diàn

拖鞋 [tuō xié / thuo sie] sandal
高跟鞋 [gāo gēn xié / kau ken sie] sepatu hak tinggi
運動鞋 [yùn dòng xié / yin tong sie] sepatu olahraga
平常 [píng cháng / phing chang] biasanya
款式 [kuǎn shì / khuan se] model
咖啡色 [kā fēi sè / kha fei se] warna coklat
黑色 [hēi sè / hei se] warna hitam
緊 [jǐn / cin] ketat
缺貨 [quē huò / chie huo] tidak ada stok

鞋子 [xié zi / sie ce] sepatu
穿 [chuān / chuan] memakai
舒服 [shū fú / shu fu] nyaman
一雙 [yī shuāng / yi shuang] sepasang

Lesson 37▶Toko Obat
藥妝店　Yào zhuāng diàn

保養品 [bǎo yǎng pǐn / pau yang phin]
produk perawatan
補充包 [bǔ chōng bāo / pu chong pau] isi
ulang, refill
牌子 [pái zi / phai ce] merek
沐浴乳 [mù yù rǔ / mu yi ru] sabun cair
粉底 [fěn dǐ / fen ti] foundation, alas
bedak
促銷 [cù xiāo / chu siau] promosi
臉霜 [liǎn shuāng / lien shuang] lotion
untuk muka
乾性 [gān xìng / kan sing] (wajah) kering
口紅 [kǒu hóng / khow hong] lipstik
肌膚 [jī fū / ci fu] kulit
洗髮精 [xǐ fà jīng / si fa cing] shampo
化妝水 [huà zhuāng shuǐ / hua cuang
shuei] toner wajah
香 [xiāng / siang] wangi
潤髮乳 [rùn fà rǔ / run fa ru] conditioner
rambut
一瓶 [yī píng / yi phing] sebotol
夜用 [yè yòng / ye yong] digunakan
khusus malam hari
油性 [yóu xìng / yow sing] (wajah)
berminyak
味道 [wèi dào / wei tau] bau
衛生棉 [wèi shēng mián / wei sheng
mien] pembalut wanita

Lesson 38▶Sakit
生病　Shēng bìng

發燒 [fā shāo / fa shau] demam
肚子 [dù zi / tu ce] perut

痛 [tòng / thong] sakit
累 [lèi / lei] cape
臉色 [liǎn sè / lien se] air muka
趕快 [gǎn kuài / kan khuai] secepatnya
好起來 [hǎo qǐ lái / hao chi lai] sembuh,
menjadi baik
喉嚨 [hóu long / how long] tenggorokan
吃藥 [chī yào / che yaw] minum obat
身體 [shēn tǐ / shen thi] badan
休息 [xiū xí / siu si] istirahat
診所 [zhěn suǒ / cen suo] klinik
中醫 [zhōng yī / cong yi] dokter
pengobatan China
生病 [shēng bìng / sheng ping] sakit
蒼白 [cāng bái / chang pai] pucat
牙齒 [yá chǐ / ya che] gigi

Lesson 39▶Berobat Ke Dokter
看醫生　Kàn yī shēng

病歷表 [bìng lì biǎo / ping li piau]
formulir riwayat medis
普通 [pǔ tōng / phu thong] biasa
發炎 [fā yán / fa yen] infeksi
飯後 [fàn hòu / fan how] sehabis makan
第一次 [dì yī cì / ti yi che] pertama kali
體溫 [tǐ wēn / thi wen] suhu badan
填 [tián / thien] mengisi (formulir)
流鼻水 [liú bí shuǐ / liu pi shuei] ingusan
領藥 [lǐng yào / ling yaw] mengambil
obat
掛號 [guà hào / kua hau] mendaftar
berobat
過敏 [guò mǐn / kuo min] alergi
咳嗽 [ké sou / khe sow] batuk
看醫生 [kàn yī shēng / khan yi sheng]
berobat ke dokter
急診 [jí zhěn / ci cen] unit gawat darurat
健康檢查 [jiàn kāng jin chá / cien khang
cien cha] pemeriksaan kesehatan
症狀 [zhèng zhuàng / ceng cuang] gejala
嘴巴 [zuǐ ba / cui pa] mulut

藥物 [yào wù / yao wu] obat-obatan
嚴重 [yán zhòng / yen cong] parah
驗血 [yàn xiě / yen sie] tes darah

Lesson 40 ▶ Terluka
受傷 Shòu shāng

馬上 [mǎ shàng / ma shang] segera
跌倒 [dié dǎo / tie tau] jatuh
OK繃 [OK bèng / OK peng] hansaplast
塗 [tú / thu] oles
扭到 [niǔ dào / niu tau] terkilir
流血 [liú xiě / liu sie] berdarah
骨頭 [gǔ tóu / ku thou] tulang
紅藥水 [hóng yào shuǐ / hong yaw shuei] obat merah
急救箱 [jí jiù xiāng / ci ciu siang] kotak P3K
治療 [zhì liáo / ce liau] diobati
受傷 [shòu shāng / show shang] terluka
深 [shēn / shen] dalam
傷口 [shāng kǒu / shang khow] luka
忍著 [rěn zhe / ren ce] sabar, tahan
刺 [cì / che] tertusuk, duri
藥膏 [yào gāo / yaw kau] salep, obat
瘀青 [yū qīng / yi ching] membiru

Lesson 41 ▶ Kehilangan
遺失 Yí shī

報警 [bào jǐng / pau cing] lapor polisi
不見 [bù jiàn / pu cien] hilang, tidak ketemu
皮包 [pí bāo / phi pau] dompet
偷 [tōu / thow] curi
櫃子 [guì zi / kuei ce] lemari
行李箱 [xíng lǐ xiāng / sing li siang] bagasi
慌 [huāng / huang] panik
護照 [hù zhào / hu cau] paspor
居留證 [jū liú zhèng / ci liu ceng] kartu ARC

錢包 [qián bāo / chien pau] dompet
健保卡 [jiàn bǎo kǎ / cien pau kha] kartu asuransi kesehatan
抽屜 [chōu tì / chow thi] laci
最後一次 [zuì hòu yī cì / cuei how yi che] terakhir kali
遺失 [yí shī / yi she] kehilangan
忘 [wàng / wang] lupa

Lesson 42 ▶ Mengantisipasi Bencana Alam
防災準備 Fáng zāi zhǔn bèi

防 [fáng / fang] mencegah, mengantisipasi
大雨 [dà yǔ / ta yu] hujan lebat
地震 [dì zhèn / ti cen] gempa
颱風 [tái fēng / thai feng] angin topan
停電 [tíng diàn / thing tien] lampu mati
來襲 [lái xí / lai si] serangan
糧食 [liáng shí / liang she] makanan
恐怖 [kǒng bù / khong pu] mengerikan
豪雨 [háo yǔ / hao yi] hujan lebat
下雨 [xià yǔ / sia yi] turun hujan
超市 [chāo shì / chau se] supermarket
失火 [shī huǒ / she huo] kebakaran
手電筒 [shǒu diàn tǒng / show tien thong] senter
災害 [zāi hài / cai hai] bencana alam

Lesson 43 ▶ Memohon Bantuan
請求幫忙 Qǐng qiú bāng máng

幫忙 [bāng máng / pang mang] bantuan
麻煩 [má fán / ma fan] merepotkan
陌生人 [mò shēng rén / mo sheng ren] orang asing
雇主 [gù zhǔ / ku cu] majikan
叫 [jiào / ciau] memanggil
救命 [jiù mìng / ciu ming] tolong
救護車 [jiù hù chē / ciu hu che] ambulan
請求 [qǐng qiú / ching chiu] memohon bantuan

仲介 [zhòng jiè / cong cie] agensi

Lesson 44▶Kirim Barang Di Kantor Pos
在郵局寄東西 Zài yóu jú jì dōng xi

EMS信件 [EMS xìn jiàn / EMS sin cien] surat EMS
包裹 [bāo guǒ / pau kuo] parsel, paket barang
貼 [tiē / thie] menempel
內容 [nèi róng / nei rong] isi
掛號 [guà hào / kua hau] (surat) terdaftar
航空信 [háng kōng xìn / hang khong sin] airmail, pos udara
寄 [jì / ci] mengirim
信 [xìn / sin] surat
信封 [xìn fēng / sin feng] amplop
重要 [zhòng yào / cong yaw] penting
水陸信 [shuǐ lù xìn / shuei lu sin] pengiriman surat lewat laut
郵票 [yóu piào / yow phiau] perangko
郵遞區號 [yóu dì qū hào / yow ti chi hau] kode pos
郵筒 [yóu tǒng / yow thong] kotak pos
郵局 [yóu jú / you ci] kantor pos
郵資 [yóu zī / you ce] biaya kirim
物品 [wù pǐn / wu phin] barang
文件 [wén jiàn / wen cien] dokumen

Lesson 45▶Kirim Uang Di Bank
在銀行匯款 Zài yín háng huì kuǎn

銀行 [yín háng / yin hang] bank
轉帳 [zhuǎn zhàng / cuan cang] transfer
手續費 [shǒu xù fèi / show si fei] biaya administrasi
匯款 [huì kuǎn / huei khuan] kirim uang
開戶 [kāi hù / khai hu] membuka tabungan
存錢 [cún qián / chun chien] menabung
提款 [tí kuǎn / thi khuan] menarik uang
兌換 [duì huàn / tui huan] menukar

匯率 [huì lǜ / huei li] kurs
密碼 [mì mǎ / mi ma] kata sandi, password
證件 [zhèng jiàn / ceng cien] kartu identitas
表格 [biǎo gé / piau ke] formulir
簽名 [qiān míng / chien ming] tanda tangan
存摺 [cún zhé / chun ce] buku tabungan
刷存摺 [shuā cún zhé / shua chun ce] print buku tabungan
辦 [bàn / pan] mengurus
金融卡 [jīn róng kǎ / cin rong kha] kartu ATM

Saran untuk Praktis BBM

學華文不求人 讀者回函卡

Yth Pembaca budiman,

Terima kasih karena telah membeli buku Praktis BBM ini. Kami berharap buku ini memberikan manfaat seperti yang anda harapkan. Walaupun buku ini rampung, namun kami tahu bahwa buku ini masih jauh dari sempurna. Oleh karena itu, sudi kiranya anda dapat memberikan masukan lewat kuisioner ini. Segala saran, kritik, dan masukan sangatlah berarti bagi kami untuk dapat mnghasilkan buku yang lebih sempurna lagi di kemudian hari. Atas kesediaan anda, kami mengucapkan banyak terima kasih.

1. Darimana anda mengenal buku ini ?
從哪裡得知這本書？

☐EEC INDEX ☐Website ☐Facebook ☐Teman ☐Iklan ☐Lainnya_____

2. Apakah anda puas dengan isi buku ini ?
你對這本書的內容是否滿意？

☐Puas/滿意 ☐Biasa/普通 ☐Tidak puas/不滿意 Alasan/原因_____

3. Apakah anda puas dengan desain buku ini ?
你對這本書的版面設計是否滿意？

☐Puas/滿意 ☐Biasa/普通 ☐Tidak puas/不滿意 Alasan/原因_____

4. Apakah anda puas terhadap harga buku ini ?
你對這本書的價格是否滿意？

☐Puas/滿意 ☐Biasa/普通 ☐Tidak puas/不滿意 Alasan/原因_____

5. Jenis buku seperti apakah yang anda harapkan terbit di kemudian hari ?
你希望下一次能出版哪方面的書？

☐Buku percakapan 3 bahasa (Mandarin-Inggris-Indonesia)/英中印會話書 ☐Buku menulis karakter Mandarin/漢字練習書 ☐Buku Kosa Kata dalam 3 bahasa (Mandarin-Inggris-Indonesia)/英中印單字本 ☐ Lainnya/其他_____

Nama : _____   No. HP : _____

Mohon dikirimkan ke Redaksi Majalah TIM. Add : No. 1F, No.3, Lane 18, Shuang Cheng St., Jhongshan District, Taipei City, 104. Tuliskan "Praktis BBM" di sudut kanan amplop

✂ Silahkan gunting disini!

Bingung bagaimana cara mengisi track CD MP3 Praktis BBM ke dalam hape/komputer anda?

Mudah saja. Sekarang, cukup kirimkan kupon ini beserta SD Memory Card yang berisi minimal 512 MB beserta perangko balasan senilai NT30 ke alamat 1F No. 3, Lane 18, Shuang Cheng St., Jhongshan District, Taipei City, 104. Tuliskan "Praktis BBM-MP3" di sudut kanan amplop (CD buku tidak perlu dikirim). Setelah menerima surat anda, maka kami akan membantu anda mengisi isi CD buku ke dalam kartu memori anda secara gratis!

Memo

印尼人學華文不求人 / 陳美萍著. -- 修訂版. -- 臺北市：煒晟國際, 2013.07
 面； 公分
ISBN 978-986-88770-0-9(平裝附光碟片)

1.漢語 2.讀本

  802.86 101018770

★ 印尼人學華文不求人 Praktis Berbicara Bahasa Mandarin ★

作者Writer｜陳美萍Derni Tantela

插畫排版Illustrator&Design｜馬慧琪

編輯Editor｜鄧麗麗Lily Widjaja

校稿人員Proofreading｜洪麗雪・Lily Widjaja

配音人員Voice｜陳美萍・馬慧琪

錄音工程Sound Engineering｜周俊宏Johan Chow

出版發行Publisher｜煒晟國際股份有限公司

地址Address｜臺北市中山區雙城街18巷11號1樓

電話Telephone｜(02)2586-5775

傳真Fax｜(02)2599-2800

印刷Printing｜上鎰數位科技印刷有限公司

出版日期Published Date｜2013年7月修訂版1刷

定價Price｜新台幣299元

ISBN｜978-986-88770-0-9